다른사람

다른사람 ▪ 전선아

바른북스

목차

작가의 말

- 을지로 인생

[고된 우리 인생에도 사랑이 있어 괜찮았다.]

—

을지로

아침 8시, 500번 버스가 신림역에 도착했다. 버스 정류장에서 기다리던 사람들이 버스를 타기 위해 우르르 몰려들었다. 버스는 콩나물시루처럼 사람들로 가득 찼다. 선한 눈빛에 눈에 띄지 않는 코와 입을 가지고 앞머리가 있는 단정한 커트머리를 한 작은 얼굴에 보통 키의 도운이는 여자들이 서 있는 곳을 피해 남자들이 서 있는 곳으로 몸을 옮겼다. 버스는 신림을 지나 한강 위를 달리고 있었다. 아침 햇살에 한강이 별가루를 뿌려놓은 듯 반짝이고 있었다. 하루를 시작하는 사람들의 자동차가 4차선 도로 위를 가득 메웠다.

버스가 을지로에 도착하고 내리는 사람들에 섞여 도운도 하차
했다. 후아, 매일 겪는 일이지만 출퇴근 시간이 여간 지옥 같은
게 아니다. 버스 정류장을 빠져나와 복잡한 골목을 조금 걸으면
청계천이 나온다. 맑은 물이 천을 따라 흐르고 있었다. 간간이
산책 나온 사람들도 보였다. 청계천 변을 따라 작은 가게들이 운
집해 있는 그 속에 도운의 인쇄소가 있었다.

"좋은 아침입니다. 사장님."

"응, 도운이 왔어?"

구릿빛 얼굴에 간소하고 인자한 인상의 사장이 반갑게 도운을
맞았다. 아들이 없는 사장은 성실한 도운을 친자식처럼 여기고
있었다.

"도운 씨, 왔어요?"

"쑤언, 좋은 아침."

쑤언은 베트남에서 온 키가 작고 보통체격에 짧은 삐침 머리를
한 노동자이다. 눈이 선하고 커서 외국인인데도 정이 많이 갔다.
또 워낙 쑤언이 수다스러워 사람 사귀는 데 거리낌이 없었다.

인쇄소는 10평 정도 되는 소규모였고 대형인쇄기 5대에서 주
문 들어온 팜플렛이 인쇄되고 있었다. 도운은 남색 작업복으로
갈아입고 인쇄된 인쇄물에 하자가 없는지 확인하는 작업을 했
다. 인쇄소는 아침부터 바쁘게 돌아가고 있었다.

을지로에 도착한 버스에서 작은 키에 마른 몸을 가진 작은 달걀형 얼굴의 묶은 긴 머리의 미정이 사람들에 섞여 버스에서 내리고 있었다. 자세히 보면 쌍꺼풀진 맑고 선한 눈에 초승달 눈썹, 오똑한 코와 매력적인 입술을 가지고 있었다. 을지로의 복잡한 골목을 지나자 시야가 넓게 트인 청계천이 나왔다. 5월의 청계천 변에는 녹색 푸르름이 내려앉고 있었다. 미정은 높은 건물들 사이 작은 편의점의 문을 열고 들어갔다. 그곳에는 큰 키의 작은 실눈을 한 마른 남학생이 서 있었다.

"정우야 별일 없었어?"

"어서 오세요. 누나. 재고정리는 제가 했어요."

"아침 먹고 가."

"아니에요. 집에 가서 자고 싶어요. 수고하세요."

야간 조 정우와 교대를 하고 편의점 유니폼으로 갈아입은 미정은 좋아하는 쿨의 노래를 매장에 틀고 청소를 시작했다. 빗자루로 바닥을 쓸고 밀대로 밀었다. 진열된 상품들에 내려앉은 먼지를 닦은 다음 배송트럭에서 물건을 받아 빈 곳을 채우고 나머지는 창고로 옮겼다.

12시 10분, 미정이 카운터에 앉아 컵라면을 먹고 있는데 체크 남방의 도운과 쑤언이 들어왔다.

컵라면과 삼각김밥, 그리고 캔커피를 고른 도운이 계산대 앞에 섰다.

"2,800원입니다."

도운은 미정이 참 씩씩하고 예쁘게 생겼다고 생각했다.

돈을 지불한 도운과 쑤언은 편의점 안에 있는 창문 앞의 바에 앉았다. 청계천의 개울이 내려다보이고 파란 하늘이 머리 위로 펼쳐졌다. 구름이 조금씩 움직이고 있었다. 좋아하는 그룹 쿨의 노래가 매장 안에 울려 퍼졌다.

미정은 계산을 하고 자리에 다시 앉아 먹던 컵라면을 먹었다. 체크남방의 도운이 컵라면을 먹고 있는 것이 보였다. 다 먹은 도운이 자리를 정리하고 일어났다.

"안녕히 가세요."

"네."

남자가 참 사랑스러운 미소를 가졌다고 미정은 생각했다.

6시 퇴근 시간 미정은 저녁조와 교대를 하고 버스 정류장으로 향했다. 저녁의 청계천이 붉은 노을로 물들고 있었다. 버스 정류장에는 퇴근하는 사람들로 가득했다. 그 속에 도운이 있었다.

도운은 미정을 발견하고 미소를 지어 보였다. 미정도 머리를 까딱이며 인사를 했다.

500번 버스가 오고 도운과 미정이 버스에 올랐다. 도운은 미정 옆에 붙어 손잡이를 잡았다. 미정의 파우더 향이 버스 안의 땀 냄새에 섞여왔다. 미정의 머리끝이 도운의 코에 닿았다. 두 사람은 유리창에 비친 모습을 바라보고 있었다. 어색한 시간이 흐르고 신림역에서 같이 하차했다.

"여기서 사세요?"

"네. 안녕히 가세요."

6월 12시 10분, 미정의 편의점의 문을 열고 도운이 쑤엔과 함께 오는 것이 보였다. 오늘도 도운은 체크남방을 입었다.

도운은 컵라면과 삼각김밥, 그리고 캔커피를 계산대에 놓았다.

"2,800원입니다."

미정이 씩씩하게 말했다.

"립스틱 색깔이 예쁘네요."

도운은 계산을 하고 어김없이 창 앞의 바에 앉아 밖을 보며 점심을 먹었다. 매장에는 역시 그룹 쿨의 노래가 흐르고 있었다. '저 여자도 쿨을 좋아하나?' 도운은 캔커피를 마시며 생각했다. 미정은 카운터에서 컵라면을 먹으며 체크남방을 입은 도운을 힐끔거렸다. 매일 오는 도운이 성실하고 알뜰한 사람 같았다. 눈빛이 선한 것이 마음에 들었다.

점심을 다 먹은 쑤엔과 도운이 자리에서 일어났다.

"안녕히 가세요."

"네. 수고하세요."

도운은 사랑스러운 미소를 지었다.

혼자의 휴일

개발이 안 된 신림동의 언덕에 건물들이 장난감처럼 쌓여 있었고 한 건물에 미정의 원룸이 있었다. 휴일의 늦은 아침, 미정은 소품함에 리본을 정리하고 청소기를 돌렸다. 연두색 짧은 반바지에 흰색 큰 박스티 차림이었고 머리를 동그랗게 동여맸다. 빨래통의 빨래를 세탁기에 넣고 아침 겸 점심을 먹기 위해 작은 1인용 식탁에 앉았다. 식탁 위에는 식빵봉지와 사과잼이 있었다. 미정은 푸우가 그려진 흰색의 도자기 손잡이를 가진 잼 나이프를 꺼내 식빵에 사과잼을 발랐다.

블랙커피를 타고 식빵을 반으로 접어 작게 한입 베어 물면서 매일 편의점을 오는 도운을 떠올렸다.

신림동 언덕, 도운의 옥탑에 걸린 빨래가 바람에 흩날렸다. 늦잠을 잔 도운은 기지개를 켜며 밖으로 나왔다. 도운은 편한 회색 츄리닝 바지에 흰색 박스티를 입고 있었다. 햇볕을 쬐며 언덕 아래의 마을을 오래 바라본 후 빨래를 걷어 방으로 들어갔다. 빨래를 거실 바닥에 놓고 털썩 주저앉았다. 도운은 각 맞춰 빨래를 개서 장롱에 정리 정돈했다. 라면 물을 올려 파와 계란을 넣어 라면을 끓이고 냄비째 상으로 가져왔다. 냉장고에서 김치가 담긴 밀폐용기를 그릇째 꺼내고 라면을 먹기 시작했다.

휴일이 어쩐지 허전하고 누군가와 함께하고 싶었다. 물이 끓길 기다릴 때도, 라면을 먹을 때도 도운은 씩씩하고 예쁜 미정이 떠올랐다.

삼청동 데이트

7월 12시 10분, 미정의 편의점으로 오늘도 체크남방의 도운이 왔다. 매장에는 그룹 쿨의 노래가 흐르고 있었고 그는 컵라면과 삼각김밥, 그리고 캔커피를 계산대로 가져왔다.

"2,800원입니다."

도운은 바에 앉아 점심을 먹은 후 계산대로 왔다.

"저기, 내일 휴일에 뭐 하세요?"

"음…. 밀린 집안일 하고…. 뭐 특별한 일은 없는데요."

"내일 그룹 쿨이 버스킹한다는데 가볼래요?"

"정말요? 좋아요."

"내일 3시 인사동이니까 신림역에서 12시에 만나 점심 같이 먹어요. 내일 봐요."

인사를 하고 도운이 편의점을 나갔다. 미정은 해체한 쿨을 다시 본다는 생각에 들뜬 하루를 보냈다.

12시 신림역, 도운이 체크남방에 청바지, 흰색운동화를 신고 미정을 기다렸다. 미정이 곰돌이가 그려진 자몽색 티셔츠에 청바지, 풀색 단화를 신고 걸어오고 있었다. 어깨엔 풀색 숄더백을 메고 있었다. 두 사람은 지하철을 타고 점심을 먹기 위해 삼청동으로 향했다.

미정은 아기자기한 삼청동의 골목길이 좋았다. 골목엔 연인들과 학생들로 북적였다.

"어디 갈까요?"

"비쌀 텐데. 수제비 어때요?"

"좋죠."

두 사람은 가격이 비교적 저렴하고 깔끔한 수제비 전문점으로 들어갔다. 입구엔 일식전문식당에나 있는 천이 걸려 있었다. 골목이 보이는 전망 좋은 창가자리에 앉아 주문을 했다.

"저 27살이에요. 시골에서 고등학교 졸업하고 바로 올라와서 인쇄소에 취업한 거예요."

"2살 오빠네요. 저도 시골에서 올라왔는데."

"부모님은 농사지으세요. 미정 씨는요?"

"부모님 두 분 다 돌아가셨어요. 나 빚쟁이예요."

"왜요?"

"부모님 병원비 땜에요."

"힘들었겠어요. 그렇게 안 보이는데."

"헤헤. 제가 워낙 긍정적이라."

주문한 수제비가 곧이어 나왔다.

한 숟가락 뜬 미정이 맛있어서 감탄했다.

"호박이랑 감자가 보슬보슬해서 맛있어요. 밀가루는 쫀득거리고."

"국물도 먹어봐요. 진하고 따뜻하네요."

도운은 맛있게 잘 먹는 미정이 예뻐 보였다. 국물까지 다 비운 둘은 밖으로 나와 골목을 구경했다. 도운은 연인처럼 미정의 숄더백을 들어주었다.

오후 3시 도운과 미정은 삼청동 골목길을 내려와 큰길을 건넜다. 인사동 입구에 사람들이 모여 있었고 그 너머 이제는 나이 들어 중년이 된 그룹 쿨이 마이크를 앞에 놓고 앉아 있었다.

쿨이 노래를 시작했다.

"벌써 며칠째 전화도 없는 너 얼마 후면 나의 생일이란 걸 아는지….."

[ALL FOR YOU]였다.

"와 제가 제일 좋아하는 노래예요."

도운도 좋아하는 노래를 미정이 좋아한다니 신기하게 느껴졌다.

중년이 되어도 쿨의 목소리는 그대로였다.

"오늘 즐거웠어요. 쿨도 보고 고마워요. 도운 씨."

"저도 즐거웠어요. 미정 씨랑 같이 있으면 유쾌하네요."

도운은 미정을 원룸 앞까지 바래다주고 집으로 발길을 돌렸다.

도운의 세상에 한 여자가 들어와 집으로 걷는 길이 행복으로 가득 찼다.

고난

9월 12시 10분 미정의 편의점으로 체크남방을 입은 도운과 쑤엔이 왔다.

"안녕하세요. 미정 씨."

"네."

도운의 미소가 미정은 기분이 좋았다.

도운이 컵라면과 삼각김밥, 그리고 캔커피를 계산대에 놓았다.

"2,800원 여 어요."

"오늘 캔커피는 제가 살게요."

미정은 500원을 돌려주었다. 도운이 바에 앉는 걸 본 미정은 물을 부어놓은 컵라면을 먹었다.

그때, 남자 두 명이 편의점 문을 열고 들어왔다. 두 사람 모두 사나운 눈을 가지고 있었고, 한 사람은 키가 크고 큰 덩치의 소유자였고, 한 사람은 큰 코를 가지고 있었다.

"바쁘신가 봐."

"오셨어요?"

"이번 달 입금은 왜 소식이 없지?"

"제가 여유가 안 돼서 좀 늦어졌어요."

"이자 낼 돈은 없고 컵라면 먹을 돈은 있나 봐."

"조금만 기다려 주세요."

바에서 상황을 지켜보던 도운은 무서워하는 미정이 애처로웠다.

"이보세요. 지금 돈이 없다지 않습니까. 컵라면도 못 먹습니까!"

사채업자들은 도운을 바라봤다. 그리고 미정에게 말했다.

"10일 여유 줄 테니까, 입금하라고."

사채업자들이 편의점을 나가고 도운이 미정을 위로했다.

"괜찮아요? 미정 씨. 이번 달 이자 낼 돈이 없는 거죠. 원금을 갚아야 할 텐데…."

미정은 이런 모습을 도운에게 보이는 게 싫어 애써 밝은 척했다.

"별일 아니에요. 저 사람들 그렇게 무섭지 않아요. 월급 곧 받을 테고."

"네. 미정 씨가 괜찮다니 다행이에요. 저 가볼게요."

도운이 편의점을 나서고 미정은 자리에 털썩 주저앉아 눈시울을 붉혔다. 인쇄소로 돌아가는 도운은 사채업자들을 무서워하던 미정 씨가 자꾸 생각나 마음이 무거웠다.

　퇴근길 을지로 버스 정류장에 미정이가 있었다. 도운은 미정과 버스에 올랐다. 버스가 한강 버스 정류장에 정차하자 도운은 미정의 팔을 끌고 버스에서 내렸다.
　"어, 왜요. 도운 씨."
　"기분도 꿀꿀한데 한강 갔다 가요."
　한강 변 건물들이 하나둘 불을 켜고 주변에 어둠이 내려앉고 있었다.
　"야!"
　도운이 갑자기 고함을 내질렀다.

　"미정 씨, 힘들 땐 강물 보면서 크게 소리 질러요. 해보세요."

　미정은 머뭇머뭇거리다 소리를 질렀다.
　"야!"
　"하하하하."
　미정은 가슴이 시원해지는 거 같았다. 도운과 미정은 크게 웃었다.

ALL FOR YOU

휴일 도운은 서울 올라와서 7년간 모은 통장을 챙겨 미정이가 있는 원룸으로 갔다. 원룸의 벨을 누르면서 미정이가 자신의 마음을 오해하진 않을까 조금 걱정이 되었다.

곧, 문을 열고 미정이 나왔다.

"어, 도운 씨. 어쩐 일이세요?"

"미정 씨, 잠깐 들어가도 돼요? 긴히 할 말이 있어요."

"집이 좁은데."

"잠깐이면 돼요."

"네. 들어오세요."

도운은 현관에 흰 운동화를 가지런히 벗어두고 원룸의 바닥에 앉았다. 미정은 곰돌이가 그려진 흰색의 머그잔에 블랙커피를 타서 내밀었다.

"드릴 게 이것밖에 없네요. 말씀해 보세요."

"저기, 이거."

도운은 통장을 내밀었다.

"이게 뭔가요?"

"오해하지 마세요. 미정 씨. 제가 저축한 거예요. 이걸로 원금 갚고 우리 같이 살아요. 저 전세 살아요."

미정은 마음이 가던 도운의 제안에 눈시울이 붉어졌다. 이자와 월세를 내던 매달이 힘들었는데 미정은 도운과 함께 살고 싶었다. 도운은 눈시울을 붉히는 미정을 따뜻하게 안아주었다.

10월의 가을 햇살이 세상에 축복을 내리고 도운의 옥탑에도 스며들었다. 옥탑방의 문을 열고 미정과 도운이 웃으며 나왔다. 큰 고무대야에 물을 받아 세제를 풀고 이불을 담갔다. 둘은 무릎까지 바지를 걷고 맨발로 이불을 밟았다. 두 사람의 웃음소리가 신림동의 언덕으로 번져갔다. 그리고 비눗방울이 무지갯빛을 띠고 하늘로 올라갔다.

-THE END-

■ 다른사람

남자를 사랑하는 남자

H남자고등학교 1학년 교실, 학생들이 탈의하고 체육복으로 갈아입고 있다. 남자들만 있어서 그런지 옷 벗는 데 거리낌이 없었다. 배 튀어나온 아이, 뼈가 앙상한 아이, 흰 피부를 가진 아이, 근육질의 건강해 보이는 아이, 그리고 여자보다 여자 같은 아이 윤슬이 있었다. 슬이는 큰 키에 마른 체격을 가졌고, 쌍꺼풀진 크고 맑은 눈에 단정한 커트를 하고 있었다. 피부는 창백해 보일 정도로 하얬다.

옷을 홀러덩 벗어 던지는 아이들이 부끄러운지 슬이는 옷을 챙겨 화장실로 향했다. 옷을 갈아입으면서도 근육질의 건강한 피부가 자꾸만 떠올랐다. 볼일을 보는 아이들을 피해 교실로 다급히 뛰어갔다.

아이들이 피부가 드러나는 짧은 체육복을 입고 운동장을 뛰어
다녔다. 체육복이 땀에 젖어 몸매가 훤히 드러났다. 슬이는 눈을
어디 둬야 할지 몰라 괴로웠다.

점심시간이 끝나갈 무렵, 남성적인 친구 동호가 어깨동무를
하며 말을 걸었다.

"슬아, 필기노트 좀 빌려주라."

갑작스러운 친구의 스킨쉽에 슬이는 당황스러웠다.

"응, 으응. 여기."

"오우, 땡큐."

동호는 아무렇지 않게 슬이의 볼에 뽀뽀를 했다. 슬이는 부끄
러워 귀까지 빨개졌다.

여자를 사랑하는 남자

10년 후 홍콩의 J비즈니스호텔, 지난 주말 마카롱을 만든 슬이
는 점심을 먹고 같이 일하는 직원들에게 작게 포장을 해 나눠주
었다.

"디저트예요."

여직원들은 슬이를 여자처럼 여겼다. 슬이도 여직원들이랑 있
는 게 편했다.

로비의 화병에 꽃이 바뀐 걸 확인하고 다가가 꽃향기를 맡아
본다. 오늘은 그가 오는 날이다.

오후 2시 701호 정라온, 슬이는 예약명부를 확인하고 시간을 확인한 후 옷매무새를 가다듬는다.

로비로 단발머리를 한 큰 키의 근육질의 남자가 걸어 들어왔다. 그는 쌍꺼풀 없는 가는 눈에 금속 테 안경을 쓰고 있었고 코와 입술이 예뻤다.

"이번에도 사업차 오셨나요?"

슬이는 그에게 아는 체를 하고 싶었다.

"네."

라온은 짧게 형식적으로 답했다.

"편안한 여행 되십시오."

슬이는 뒤돌아 객실로 가는 라온의 뒷모습을 안타까운 눈으로 바라만 봐야 했다.

정장을 가디건으로 갈아입은 라온이 호텔 로비 라운지카페에 앉았다. 그는 늘 마시던 블랙커피를 마셨다.

오후의 긴 햇살이 호텔의 커튼월로 드리워져 라온이 앉은 소파까지 그림자를 만들고 있었다.

라온의 안경테가 햇살에 반짝이고 다리를 꼬고 앉은 그에게서 편안하고 미학적인 분위기가 풍기고 있었다.

슬이는 준비한 꽃다발을 들고 수줍게 그에게 다가갔다.

"라온 씨, 제가 당신을 사랑합니다."

라온은 힐끗 슬이를 쳐다보더니 꽃을 받지 않고 자리에서 일어나 라운지를 떠났다.

꽃을 좋아하는 남자와 브랜디를 좋아하는 남자

슬이는 소파에 털썩 주저앉았다. 눈에서 눈물방울이 떨어졌다. 어깨가 가늘게 들썩거렸다.

"여자를 사랑하는 남자는 남자를 사랑하지 않아."

어디선가 저음의 자상한 목소리가 들려왔다.

라온이처럼 큰 키에 근육질을 가진 남자가 땅에 떨어진 꽃을 주워 소파에 놓았다. 슬이는 고개를 들어 그를 보았다. 그는 쌍꺼풀진 크고 맑은 눈에 얇은 입술을 가지고 있었다.

"길 건너에 [남자를 사랑하는 남자들을 위한 바]가 있는데 같이 가서 술 한잔해요."

슬이는 꽃을 챙겨 그를 따라나섰다.

바에 자리를 잡은 그는 브랜디를 주문했다.

"여자를 사랑하는 남자는 남자를 사랑하지 않아요. 남자를 이성으로 보는 사람을 사랑하세요. 전 어떤가요? 우리 한번 만나볼래요?"

"누구신 줄 알구요."

"전 파일럿이에요. 이제 이 호텔을 이용할 생각이에요. 전 [남자를 사랑하는 남자] 박슬기라고 합니다."

"브랜디 향기가 좋네요."

"당신도 브랜디처럼 향기가 좋습니다."

두 사람의 조용한 대화 소리가 밤하늘을 수놓았다.

-THE END-

- **모션건축가**

모션건축

　3월의 아침, 지현은 앵두나무가 있는 교정을 지나 강의실에 앉았다. 오늘은 건축사 시험이 있는 날이다. 긴 생머리에 작은 달걀형 얼굴, 동양형 눈매, 가늘고 반듯한 눈썹, 작은 코와 입이 평범해 보이지 않았다. 큰 키에 마른 몸이 긴 생머리와 어울렸다. 그리고 흰 셔츠에 검은 바지, 검은색 자켓, 검은색 스니커즈에서 카리스마가 일었다.

　창의적인 건축가의 디자인역량과 전문성을 보는 지금의 건축사 시험이 35살의 건축가 지현에게 잘 맞았다. 10년 동안의 디테일 공부로 전문성을 쌓는 데 게을리하지 않았다.

　현재의 건축에 기계설계를 도입해 움직이는 공간, 움직이는 가구를 설계하고 사는 사람의 다양한 요구를 반영해 앞으로의 건축을 모색하고 싶었다.

지현은 침대가 들어갈 만한 공간을 계획했다. 낮에는 침대를 벽 속에 매입하고, 매입되어 있던 책상을 펴서 사무공간으로 바꾼다. 침대와 책상의 매입으로 벽체는 두꺼워졌다. 벽체는 조적조로 사는 사람의 경제력과 라이프스타일에 따라 공간을 넓힐 수 있도록 했다. 옷장과 신발장도 움직이는 문을 설계하고 싱크대의 높낮이 조절이 가능하도록 설계했다. 이 모든 것이 리모컨으로 조작이 가능했다.

입면에는 패션건축을 도입했다. 나무색의 석조 위에 유리를 덧씌워 건축물에 아이덴티티를 부여했다.

강의실에 엄숙한 분위기가 흘렀다. 지현의 설계가 건축사 시험을 평가하고 있던 미래건축사사무소 소장 젊은 건축사 오세훈의 이목을 사로잡았다. 세훈이 하려던 건축에 도입할 수 있을 것 같았다. 자신이 가지고 있는 자본금으로 지현의 건축을 재현해 미래건축사사무소의 방향을 만들어야겠다는 생각이 들었다.

지현은 건축사 시험에 합격되었다. 그리고 세훈의 연락이 왔다.

"김지현 씨죠? 전 미래건축사사무소 소장 오세훈이라고 합니다. 만나서 드릴 말씀이 있는데 시간 괜찮으신가요?"

"네, 지금 휴직 중이라."

"그럼 미래건축사사무소에서 뵙겠습니다."

미래건축사사무소는 청담동에 있었다. 외관은 가정집 같았다. 문을 열고 들어서자 계단이 나왔고 소장실은 위층 끝에 있었다. 중간 유리문 밖에는 마당이, 소장실로 가려면 사무실, 회의실을 거쳐야 했다. 소장실 문을 열고 들어서자 넓은 어깨에 긴 커트머리를 하고 매 같은 눈에 짙은 눈썹, 보통의 코와 얇은 입술을 가진 약간 각진 얼굴의 소장이 앉아 있었다. 소장은 지현을 맞기 위해 자리에서 일어났는데 키가 무척이나 컸다. 검은색 양복과 검은색 모던한 책상이 잘 어울렸다. 그에게선 디올 향수향이 났다.

"어서 오세요. 먼저 건축사 합격하신 거 축하드립니다. 앉으세요."

"건축사사무소가 이쁘네요."

"가족 같은 사무실을 원해서 가정집같이 꾸며봤습니다."

"용건이 뭔가요?"

"성격이 급하시네요. 다름이 아니라 지현 씨의 설계안을 재현했으면 해서요. 저희 사무실에 입사하시는 걸 권해드립니다. 저희도 지현 씨 건축 같은 모션건축을 추구하고 있습니다. 저희 사무실에서 이상을 펼치시죠."

"모션건축 괜찮네요. 기계설계를 건축에 접목한 건축을 그렇게 부르는군요. 제가 하려는 건축 방향과 사무실의 건축 방향이 맞는다면 입사하고 싶어요."

미래건축사사무소 회의실 입구는 투명 유리문으로 되어 있었다. 한쪽 벽면에는 건축 책으로 채워진 책장이 자리 잡고 있었고 앞쪽에는 프레젠테이션을 위한 빔과 보드 등이 놓여 있었다.

회의실로 감각적인 뿔테안경을 쓴 작은 눈에 작은 코를 가진 얇은 입술의 왜소한 체형의 이해찬이 들어왔다. 해찬이는 올리브색 티셔츠에 갈색 바지, 검은색 운동화를 신고 있었는데 한쪽 귀의 귀걸이가 반짝거렸다. 곧이어 커트머리에 보통 키, 보통체격을 가진 신입사원인 듯한 정다솜이 들어왔다. 다솜이는 쌍꺼풀진 눈에 뚜렷한 이목구비를 가지고 있었다. 남색 티셔츠에 베이지색 바지, 흰색운동화를 신고 있는 폼이 남자 같은 성격을 말해주는 듯했다. 손목에 갈색 염주를 차고 있었다. 그리고 세훈이 자리에 앉자 지현의 프레젠테이션이 시작되었다.

낮과 밤에 따라 가구를 바꿔 공간의 성격이 변화되는 기계설계를 건축에 접목한 모션건축에 대한 프레젠테이션이었다.

지현의 프레젠테이션이 끝나자 오세훈 소장이 입을 열었다.

"지현 씨의 평면이 들어간 원룸을 지어서 우리 건축사사무소의 건축 방향을 보여주고자 하는데 어떤가요?"

"소장님, 이왕이면 사업을 할 수 있는 오피스텔이 좋지 않을까요?"

"돈 없는 사람들이 사업도 하고 잠자리도 생긴다니 너무 멋져요. 서민 오피스텔이라니."

"평면이 커지는 것보다 화장실은 공용화장실을 층마다 두는 게 좋을 듯하네요. 세탁실을 따로 두고요."

"서민 오피스텔에 어울리는 입면 디자인이 필요할 것 같아요. 어떤 게 좋을까요?"

"제 생각엔 저렴한 벽돌을 외장재로 쓰고 한옥의 색감을 가지고 오는 게 좋을 것 같습니다."

"건물의 아이덴티티를 부여하기 위해서 한옥의 유려한 곡선을 도입한 지붕 구조물을 세우는 게 괜찮을 것 같아요. 옥상 공간을 휴게공간으로 이용하구요."

"미래건축사사무소의 건축 방향을 보여주는 거라 6층으로 설계할 겁니다. 자, 이제 시작입니다."

징검다리 오피스텔

회의가 끝나고 지현은 평면설계에 들어갔다. 자신의 설계를 재현하고 좋은 일도 할 수 있다는 사실에 입사하길 잘했다는 생각이 들었다. 건물설계를 하고 해찬 군의 입면설계를 평면에 반영해야 했다. 다솜이는 지현과 해찬이 그린 도면을 이용해 보고서 작업을 했다.

세훈은 오피스텔이 입점할 장소를 물색했다. 시장, 지하철이 가깝고, 돈 없는 사람들을 위한 저렴한 뷔페도 가까이 있었으면 했다.

그리고 오피스텔을 [징검다리 오피스텔]이라 이름 붙였다. 사람들이 자리를 잡기 전 거쳐 가는 곳이 안전했으면 했다. 전세를 저렴하게 하고 미래성을 보고 무료대여를 해주어야겠다고 생각했다. 징검다리 오피스텔을 짓는 건축주가 많아졌으면 하는 희망에 부풀어 본다.

-THE END-

- **징검다리 오피스텔**

"인생은 강물과 같아요. 우린 언젠가 바다로 갈 테죠. 이곳이 여러분의 인생에 징검다리 같은 곳이 되었음 좋겠어요."

—

OPEN

사당역에 6층짜리 오피스텔 하나가 새로 생겼다. 주인은 S대 전자공학과를 중퇴한 29세의 지서우였다. 서우는 큰 키와 넓은 어깨, 근육 없는 체격을 가지고 있었고 길고 자상한 눈이 그의 성격을 말해주었다. 눈썹은 잘 다듬어지고 적당한 코와 입을 가지고 있었다. 또 얼굴은 다각형에 댄디형 커트머리를 하고 있었고 둥근 귓불을 가지고 있었다.

징검다리 오피스텔이라고 쓰여진 팻말을 입구에 걸고 출입문 옆에 고구마 박스를 놓고는 세탁실과 화장실, 엘리베이터 복도,

건물 곳곳을 둘러보았다.

오피스텔은 어려운 사람들을 위해 시가보다 훨씬 낮은 전세로 하고 약간의 관리비만 받기로 했다. 그리고 전세금을 갚는다는 책임을 전제로 한 무료대여를 도입했다. 퇴직하고 소일거리를 찾는 아저씨가 서우의 뜻을 알고 건물청소를 돕기로 했다.

징검다리 오피스텔에는 무지갯빛 미래를 꿈꾸는 다양한 청춘들이 하나둘씩 입점하기 시작했다. 서우는 인도로 나와 햇빛에 반사된 건물을 바라보며 새로운 시작에 뭉클해졌다.

무지갯빛 무료대여

직업: 연예인 지망생
이름: 강동현
나이: 21살
매력: 큰 키, 근육질의 마른 체격, 매력적인 꽃 미모, 바람머리,
    쫑긋한 귀
장점: 연기를 잘함, 사교적인 성격
전세금 상환: 모델아르바이트, 연예인 데뷔

서우는 동현의 PT를 살펴보고 매력적인 동현의 장래성을 생각해 동현에게 무료로 오피스텔을 대여하기로 결정했다.

입점한 첫날 포근한 침대에서 부스스 잠에서 깨어난 동현은 리모컨으로 창의 전동 블라인더를 열고 침대를 벽 속에 매입했다. 침대가 차지하고 있던 방에 작은 공간이 생겼다. 창문을 열고 몸매 유지를 위해 매일 반복하는 일과인 운동을 시작했다. 운동 후 샤워를 하고 입구에 주인이 둔 고구마 박스에서 고구마를 하나 꺼내 와 삶았다. 그렇게 동현의 아침이 시작되었다.

고구마로 끼니를 해결한 후 옷장에서 검은색 옷에 검은색 가죽 재킷을 걸치고 매입되어진 신발장에서 검은색 스니커즈를 꺼내 신고 밖으로 나왔다. 오늘은 모델아르바이트가 있는 날이다.

"안녕하세요."

"어서와. 동현아, 오늘 컨셉은 시크야."

동현은 분장실에서 분장을 하고 잡지사 팀장이 준비해준 옷으로 갈아입고 카메라 앞에 섰다.

평상시 까불거리던 그도 카메라 앞에선 진지했다. 컨셉에 맞춰 연기하면 눈빛부터 달라졌다.

"컷! 좋았어요. 동현 씨."

"네 수고하셨습니다."

카메라 감독에게 깍듯이 인사하고 옷을 갈아입은 후 스튜디오를 나서는 동현의 하루가 저물어 가고 있었다.

가난한 연인의 악세사리

'드러렁 드러렁' 세탁기 돌아가는 소리가 징검다리 오피스텔 공용세탁실의 정적을 채웠다.

공용세탁실은 건물의 지하에 있었다.

작은 키에 통통한 체격을 가진 긴 파마머리의 25세의 진희가 세탁실 중앙에 놓인 테이블의 한구석에 앉아 만화책을 읽으면서 세탁이 끝나길 기다리고 있다. 세탁이 끝나고 세탁기에서 세탁물을 꺼내 건조기를 돌렸다. 저녁 식사 후에 빨래를 하면서 만화책을 보는 시간이 진희에게는 잠깐의 쉼이었다.

만화책의 책장을 넘기는 소리와 진희의 키득거리는 소리가 잔잔한 기계 소리에 섞여 시간이 흘렀다. 건조가 끝나고 건조기에서 세탁물을 꺼내 갠 다음 오피스텔로 올라갔다.

진희는 세탁물을 정리하고 리모컨으로 매입되어 있던 책상을 펴 악세사리를 디자인한 노트를 펼치고 쇼핑한 재료들을 놓았다. 이번 팔찌는 우아하게 만들고 싶었다.

따로 두면 의미 없는 구슬들을 하나로 꿰어 팔찌로 재탄생시켜 주인을 만나게 하는 일이 여간 즐거운 것이 아니었다.

진희는 팔찌를 두 개 만들고 기지개를 켜며 창밖의 대로를 바라본다. 자동차들이 헤드라이트를 켜고 집으로 향하고 있었고 창으로 우아한 팔찌 두 개가 반짝이고 있었다.

인사동 쌈지길 작은 가게에 진희가 어젯밤 만든 팔찌를 잘 보이는 곳에 진열했다. 늦은 오후 연인인 듯 보이는 소박한 여자와 남자가 가게로 들어왔다. 이것저것 둘러보더니 남자가 어제 만든 팔찌를 들었다.

"이거 어때?"

"비싸 보이는데⋯."

여자가 가격을 걱정하고 있었다.

"두 분 커플로 하세요. 제가 가격 낮춰 드릴게요."

가난한 연인은 팔찌를 하고 행복해 보였다.

진희도 팔찌가 주인을 만나 행복했다.

희망의 시나리오

징검다리 오피스텔 길 건너 한식뷔페에 27세 시나리오작가 대호가 접시에 반찬을 한가득 담고 있었다.

대호는 작고 선한 눈에 금속 테 안경을 쓰고 있었는데 전체적으로 다 작았다. 어제는 고구마만 먹어서 오늘은 거하게 먹고 싶어 아침부터 한식뷔페를 들렀다. 한식뷔페는 가격은 저렴하고 영양가 있는 걸 먹고 싶은 만큼 먹을 수 있어서 일주일에 한 번은 꼭 이용했다.

아침 식사를 해결하고 오피스텔로 돌아와 커피를 내리고 매입되어 있는 책상을 펴 침실을 작업실로 만들고 오래된 노트북을 펼쳤다.

[징검다리 오피스텔]
사당역에 6층짜리 오피스텔 하나가 새로 생겼다….

대호는 시나리오 회사에서 오락영화의 시나리오 작업에 참여하고 있었지만 영화로 만들고 싶은 시나리오가 따로 있었다. 사람들에게 감동을 주는 아름다운 이야기를 영화로 만들고 싶었다. 하고 싶은 이야기를 대화를 통해 표현하는 작업에서 희열을 느꼈다.

시나리오 작업은 점심도 거르고 마무리 단계에 접어들었다. 자신의 희망을 담은 시나리오를 완성하고 시나리오 팀장을 만나기 위해 회사로 향했다.

작업한 시나리오를 회사에서 출력하고 봉투에 담아 팀장님 책상 위에 올려놓았다. 자신의 시나리오가 영화로 만들어지는 것을 상상하면서….

평범한 디자이너

새벽 2시 현관문을 열고 29세의 경식이 어두컴컴한 밖으로 나왔다. 경식의 움직임에 따라 센서등이 켜졌다 꺼졌다를 반복했다.

징검다리 오피스텔 공용화장실은 건물의 복도 끝에 있었다.

경식은 보통 키에 크고 선한 눈을 하고 있었고 뚜렷한 이목구비를 가지고 있었다.

하늘색의 화장실 문을 열자 하늘색과 파란색이 섞인 타일로 마감된 내부에서 향긋한 방향제 향이 났다. 정면에는 거울과 세면대가 측면에는 비데가 설치된 흰색의 변기가 놓여 있었다.

볼일을 보고 속을 비운 경식은 출입문의 고구마를 하나 집어 자신의 오피스텔로 돌아왔다. 고구마를 삶으면서 디자인하던 옷의 스케치를 이어갔다.

경식의 디자인은 평범했다. 튀지도 무미건조하지도 않은 평범한 디자인이었다. 그것은 경식이 평범해서가 아니었다. 경식은 평범한 사람들의 옷을 디자인하고 싶었다. 거기엔 절제가 필요했다.

책상에서 언제 잠들었는지 아침이 깊어가고 있었다. 옷을 주섬주섬 챙겨 입고 밀리오레의 매점에서 토스트로 아침을 때우고 매장의 문을 열었다.

어렵게 마련한 자신의 브랜드 [보통사람들]의 간판을 한 번 쳐다보고는 옷걸이에 걸려진 평범한 옷들을 정리했다.

와인으로 꽃핀 사랑

주말, 서우는 502호 와인 회사 직원 27세의 현아가 사는 현관 문의 벨을 눌렀다.

"딩동."

"누구세요?"

"네. 집주인입니다."

"안녕하세요? 무슨 일이시죠?"

현아는 보통 키에 마른 체격, 긴 생머리, 둥근 얼굴형에 길고 선한 눈, 가는 눈썹, 작은 코와 입을 가지고 있었고, 끝이 둥근 매력적인 코와 흰 얼굴의 소유자였다. 서우가 좋아하는 색깔인 하늘색 셔츠를 입고 있었다.

"달마다 말에 반상회를 하려고 하는데 와인을 추천받고 싶어서요. 치킨샐러드, 페페로니 피자, 크림파스타, 디저트로 리치와 귤을 준비할 거예요."

"네. 출근하면 사 올게요."

서우가 가고 현아는 어떤 와인이 좋을까 생각했다. 가격이 저렴하고 완성도가 높으면서 음식과 궁합이 좋은 에라쥬리즈 이스테이트 까버네쇼비뇽과 우마니론끼 요리오가 좋을 듯싶었다.

디저트 와인으로는 이태리 화이트 와인 비알레또 비앙코가 리치와 귤의 맛을 해치지 않을 것 같았다.

다음날 서우가 다시 벨을 눌렀다.

"딩동."

"네. 주인 지서우입니다."

"와인 여기, 삼만 원이면 될 거 같아요."

현아가 준비한 와인들을 살펴보던 서우가 한마디 했다.

"좋은 와인들이네요."

"좋은 와인은 가격과 상관없이 균형미와 복합미를 가지고 있지만 자기 입맛에 맞는 와인을 찾아가는 것이 중요한 것 같아요. 제공할 음식과 어울리는 와인들이에요. 사람들이 좋아할 거예요."

서우는 여성스러운 어조로 와인에 대해 말하는 현아가 맘에들기 시작했다.

반상회

서우는 옥상의 파라솔 아래 테이블에 음식들을 세팅했다. 현아와 동현이 서우를 도왔다. 차에서 와인잔을 가져오고 사람들이 하나둘씩 모여들기 시작했다. 사람들이 모두 모인 후 와인잔에 와인을 따랐다.

서우는 겨자색 가디건에 밤색 바지를 입고 체리색 구두를 신고 있었다. 자리에서 일어난 그는 사람들을 둘러보며 말했다.

"인생은 강물과 같아요. 우리는 언젠가 바다로 갈 테죠. 이곳이 여러분의 인생에 징검다리 같은 곳이 되었음 좋겠어요."

힘겨운 청춘들에게 한 달에 한 번이라도 맛있는 것을 줄 수 있어 서우의 마음은 풍요로웠다.

사당역의 징검다리 오피스텔 위로 밤하늘에 별들이 빛나고 있었다.

-THE END-

- **파스타를 만드는 남자,**
  사랑을 먹는 여자

그의 여자

건국대 앞 카페 [자작나무]로 짧은 커트머리의 보통 키의 고은이 들어서고 있었다. 검은색 통이 넓은 바지에 아가타 무늬가 그려진 편한 검정색 티셔츠, 구찌의 크로스백을 메고 있었다. 수요일 점심시간, 사람이 많은 눈에 띄지 않는 시간, 여자를 보기위해 그녀가 일하는 카페에 잠깐 들렀다.

고은은 줄을 대기하면서 일하는 그녀를 바라보았다. 그녀는긴 머리를 뒤로 묶고 자신처럼 보통 키를 하고 있었다. 많이 안먹는지 말라 보였다. 그는 그런 그녀가 안쓰러웠을까? 고은은그를 이해하기가 힘들었다.

줄이 끝나고 고은의 차례가 되었다. 고은은 카운터 앞에 서서그녀와 마주했다. 참 당돌하게 생겼다고 느껴졌다.

"손님, 뭘 도와드릴까요?"

"치즈케이크와 아메리카노 주세요."

"네 금방 준비해 드리겠습니다."

고은은 그녀가 잘 보이는 카운터 앞에 앉았다. 그녀는 커피를 내리고 카운터로 주방으로 바쁘게 쫓아다녔다. 사람들의 수다 소리와 커피잔 부딪히는 소리 속에 시공간이 멈춘 듯했다. 카페의 커튼월로 가을볕이 쏟아져 눈시울을 젖게 만들었다.

고은은 울음을 꾹 참았다.

치즈케이크와 아메리카노를 먹고 그에게 전화를 했다. 현실을 받아들이기로 했다.

"형욱 씨, 우리 그만 만나자."

위로

카페를 나온 고은은 무작정 길을 걸었다. 갈길 바쁜 차들이 허탈한 그녀를 지나쳐 갔다. 금방이라도 울음이 터질 것 같았다. 건대입구에서 성수역까지 얼마를 걸었는지 모르겠다.

배가 고파왔다. 상실에 의한 배고픔인지, 때가 돼서 배가 고픈 건지 뭐라도 먹어야 할 것 같았다.

성수역 골목에 다다르자 [Carbonara]라는 붉은 글씨가 쓰여진 녹색 간판의 작은 이태리 레스토랑이 보였다. 상아색 벽과 내부가 훤히 들여다보이는 통창에 갈색의 울타리가 쳐져 있었다. 창 앞에 있는 분홍색의 작은 꽃 화분이 아기자기한 주인의 성격을 드러내 주었다.

고은은 내추럴한 갈색의 문을 열고 안으로 들어갔다. 내부는 노란빛을 띠는 모래색의 벽돌로 마감되어 있었고, 흰색의 4인용 테이블이 세 개 놓여 있었다. 주방에는 녹색의 작은 커튼이 쳐져 있었다. 스피커에서 이태리 가곡이 흘러나와 마치 이태리에 온 듯한 기분이었다.

고은이 구석자리에 자리를 잡자 흰옷의 가운을 입은 주인이 주문을 받으러 나왔다. 주인은 염색한 파마머리를 하고서 눈에 푸른색의 렌즈를 끼고 있었다. 어깨가 넓고 키는 보통 정도 돼 보였다.

"뭘 드릴까요? 손님."

"아저씨, 저 파스타가 먹고 싶어요."

고은이 눈물을 글썽이며 그를 바라보았다.

"근데 왜 울어요?"

"저 방금 헤어졌어요. 파스타하고 와인 주세요."

그는 커트머리를 하고 우는 그녀가 귀여웠다. 그녀에게 뭘 만들어 주어야 하나 생각하면서 주방으로 향했다.

고은은 카페에서 참았던 울음이 터졌다. 작은 레스토랑이 숨겨놓은 일기장처럼 그녀의 마음을 편안하게 했다.

시간이 흐르고 그가 음식을 내왔다.

"단호박 펜네 파스타와 우유예요."

"저는 와인 주문했는데."

"단호박 펜네 파스타에는 우유가 어울려요. 파스타마다 어울리는 음료가 있는 것처럼 각자에게 어울리는 사람이 있는 거예요. 그러니까 울지 마요."

고은은 포크로 단호박 펜네 파스타를 찍어 입으로 가져갔다. 그리고 우유를 한 모금 마셨다.

마치 어린아이가 된 기분이었다. 그리고 사랑받고 있는 것 같았다.

'형욱에게는 그녀가 어울리는 것일까? 나에게 어울리는 사람은 어떤 사람일까?'

이태리 유학

고은은 [Carbonara]의 단골이 되었다. 한가한 평일 수요일마다 그곳을 가기로 했다.

어김없이 가게에는 이태리 가곡이 흘러나왔다. 오늘은 창가자리에 자리를 잡았다.

"안녕하세요? 아저씨 파스타 먹고 싶어 또 왔어요."

"아저씨가 뭐예요. 29밖에 안 됐는데. 이름이 지성빈이에요."

"어 나도 29인데. 동갑이네요."

"이제 좀 괜찮아요?"

"네. 덕분에. 오늘도 파스타 만들어 주세요."

"조금만 기다리세요."

고은은 흘러나오는 이태리 가곡을 턱을 괴고 들었다. 그리고 가게를 여기저기 훑어보았다. 마치 이태리 가정집처럼 친근했다. 곳곳에 성빈의 취향이 묻어나왔다.

"토마토소스 파스타와 끼안띠예요. 끼안띠는 와인으로 유명한 이태리 지역 이름입니다."

"오늘은 왜 이 파스타인가요?"

"저 이태리 유학생이에요. 이태리의 맛을 전해주고 싶었습니다."

"끼안띠 맛있어요. 저 술 잘하는데. 한 잔 더 주실 수 있나요?"

"한 잔씩만 드세요. 파스타랑. 한 잔은 술이 아니라 약입니다."

"성빈 씨, 제 이름은 한고은이에요. 저는 피아노로 독일유학 다녀왔어요."

고은이 맑은 눈을 반짝이며 자신의 얘기를 꺼냈다. 성빈은 자신의 파스타를 맛있게 비우는 사람들을 보면 행복감에 빠져들었다.

특히 고은은 토마토 파스타와 끼안띠 와인처럼 자신과 잘 어울린다는 생각이 들었다.

피아노

다음 주 수요일, 고은은 [Carbonara]의 창가자리에 자리 잡았다. 오늘은 고은이 좋아하는 피아노 연주곡이 흘러나오고 있었다.

"고은 씨, 오셨네요."

"음악이 바뀌었네요."

"시간 맞춰서 준비했습니다. 봉골레 파스타와 샤르도네예요. 해산물에는 샤르도네가 잘 어울립니다."

"피아노의 맑은 소리와 샤르도네의 투명함이 잘 어울리는 것 같아요."

"봉골레 파스타는 조개 해감도 잘해야 하고 면 삶기도 신경 써야 하고 간도 잘 맞춰야 해서 어려워요. 고은 씨 피아노 전공했대서 샤르도네에 잘 어울리는 파스타 준비한 거예요."

"피아노 공부하던 시절이 생각나서 맛있어요. 성빈 씨 고마워요."

"다음 주에도 맛있는 거 만들어 줄게요. 꼭 오세요."

성빈은 자신이 만든 파스타를 맛있게 먹어주는 고은이 좋았다. 그리고 고은의 맑은 눈이 좋았다.

새로운 사람

"성빈 씨, 저 왔어요."

고은은 성빈이 오늘은 뭘 만들어 줄까 기대를 하며 가게를 들어섰다.

"어서 와요. 고은 씨. 오늘은 바질페스토 파스타와 게브리츠트라미너예요. 바질의 향이 강해서 향이 강한 게브리츠트라미너가 어울릴 것 같아 준비했어요."

"파스타마다 어울리는 음료가 있다는 성빈 씨의 생각에 그 사람이 잊혀지는 것 같아요."

"좀 도움이 되나요? 고은 씨한테는 어떤 사람이 어울리는 것 같나요?"

"글쎄요…. 전 일에 철학이 있는 자상하고 인격적인 지적인 사람이었음 좋겠어요."

고은은 성빈이 문득 떠올랐다.

바질페스토 파스타에 게브리츠트라미너라는 와인이 잘 어울린다고 생각하면서 이별의 상처를 치유하고 있었다. 그리고 새로운 사람 성빈이 옆에 있는 그림을 그리고 있었다.

Carbonara

수요일 고은이 때맞추어 왔다. 성빈은 두근거렸다.

"성빈 씨, 오늘 메뉴는 뭔가요?"

"까르보나라와 하우스 와인입니다. 까르보나라는 이태리에는 없는 한국 파스타예요. 크림파스타죠. 전 까르보나라가 좋아요."

"이건 면이 넓네요."

"딸리아뗄레면이에요. 크림소스를 듬뿍 묻혀 한입 가득 먹으면 더 맛있죠. 하우스 와인은 까르보나라와 잘 어울리는 와인으로 선정했어요."

"맛있어요. 성빈 씨."

"고은 씨를 위해 파스타를 만들고 싶어요. 까르보나라와 하우스 와인 같은 사랑을 하지 않을래요?"

고은은 한입 가득 파스타를 먹으면서 고개를 끄덕였다.

-THE END-

▪ 극장 모퉁이의 바텐더

우연한 만남

프랑스 파리를 여행 중인 은서는 BAR라고 쓰여진 불 켜진 간판을 따라 문을 열고 들어섰다. 조용한 재즈 음악이 흘러나왔다. 벽은 어두운 검은색이었고 작은 액자에 팝아트가 걸려 있었다. 원형의 4인용 갈색 테이블이 다섯 개 좁은 공간을 메우고 조명이 은은한 분위기를 만들어 내고 있었다. 테이블에는 손님들이 삼삼오오 모여 술을 마시고 있었다.

은서는 나무 바닥을 걸어 큰 키의 바텐더 은우가 서 있는 바에 앉았다. 바 뒤에는 온갖 종류의 양주들이 진열되어 있었고 높은 테이블은 나무로 되어 있었다. 은우는 깔끔한 흰 셔츠에 검정 조끼, 검정 바지를 입고 나비넥타이를 매고 있었다. 검은색 짧은 머리에 진지하고 선한 눈, 짙은 눈썹, 작은 얼굴에 마른 체격이 인상적이었다.

　은서는 세련된 묶은 생머리에 둥근 작은 얼굴, 선하고 맑은 눈, 짙은 눈썹, 오똑한 코에 작은 입술을 가지고 있었다. 로고가 새겨진 라벤더색 티셔츠에 긴 청치마 그리고 남색 단화를 신고 남색 작은 크로스백을 메고 있었다. 은서에게서 사랑스럽고 당당한 파리지앵, 향수 로샤스의 향이 났다.

　"손님 뭘 드릴까요?"

　"한국인이세요? 여기서 만나니 반갑네요. 나파밸리 와인 주세요."

　은우는 셀러에서 나파밸리 와인을 꺼내고 접시에 버터링을 담아내었다. 은서는 나파밸리 와인에 달콤한 버터링이 만족스러웠다.

　"오늘 어디를 다녀왔나요?"

　"미라보 다리에 들렀어요."

　"미라보 다리 아래 세느강은 흐르고
　우리들 사랑도 흘러내린다.
　내 마음속 깊이 기억하리
　기쁨은 언제나 고통 뒤에 오는 것을."

　은우가 읊는 시에 맞춰 은서가 시를 같이 읊었다.

"밤이여 오라, 종아 울려라.
세월은 흐르고 나는 남는다.

손에 손을 맞잡고 얼굴을 마주 보자.
우리들 팔 아래 다리 밑으로
영원의 눈길을 한 지친 물결이
흐르는 동안.

밤이여 오라, 종아 울려라.
세월은 흐르고 나는 남는다.

사랑은 흘러간다 흐르는 강물처럼
우리들 사랑도 흘러내린다.
인생은 얼마나 지루하고
희망은 얼마나 격렬한가.

밤이여 오라, 종아 울려라.
세월은 흐르고 나는 남는다.
나날은 흘러가고 달도 흐르고
지나간 세월도 흘러만 간다.
우리들 사랑은 오지 않는데

미라보 다리 아래 세느강은 흐른다.

밤이여 오라, 종아 울려라.
세월은 흐르고 나는 남는다."

"호호호 아폴리네르(프랑스 시인)죠."
"또 어디에 들렀나요?"
"도시가 내려다보이는 언덕에 갔어요."
"저녁노을을 봤겠군요. 별은 안 보여 아쉬웠겠어요."
"대신 도시의 불빛들이 별 같았어요."
"불빛들이 잠들지 못하는 사람들의 웅성거림 같지 않던가요?"
"제겐 음악 같던걸요. 근데 원래 버터링을 주세요?"
"와인마다 어울리는 안주가 있어요. 이 와인에는 버터링이 잘
어울린답니다."
"이 버터링처럼 제게도 어울리는 짝이 있을까요?"
"그럼요. 어딘가에서 분명 손님을 기다리고 있을 겁니다."
"아저씨는 연애해 보셨어요?"
"제가 나이가 몇인데요. 벌써 29살이에요."
"어떤 여자였는데요?"
"아주 아름다웠습니다. 공부한다고 외국으로 가버렸죠. 제 짝
이 아니었나 봅니다."

"기억은 안 나세요?"

"기억이 흐릿해요. 제가 지나간 일에 목메는 성격이 아니라. 이제 제 얘기는 그만하고 싶네요. 내일은 뭘 할 건가요?"

"음…. 조식을 먹고 거리를 거닐고 싶어요."

"삶 속의 공연도 좋지만 한 블럭 지나 있는 극장에 가보라고 권하고 싶어요."

"혼자 가기 민망해서 그런데 시간 괜찮으시면 같이 가주실 수 있으세요?"

"1시에 공연이니까 11시에 극장 앞에서 보기로 해요."

은서는 은우와 약속을 하고 숙소로 돌아갔다.

은서가 돌아간 새벽 은우는 바에 서서 몇 시간 전 같이 시를 읊던 순간을 떠올렸다.

그녀의 잔상이 머릿속을 떠나지 않았다.

그때, 가게에서 큰 소란이 일었다. 술에 취한 취객이 프랑스인 알바생을 성희롱했다.

"어이, 같이 좀 놀자니까."

"왜 이러세요. 만지지 마세요!"

은우는 바에서 나가 소동이 일어난 가게로 나가보았다. 취객 은 급기야 은우에게 손찌검을 했다. 은우와 취객 사이에 몸싸움이 일었다. 알바생이 부른 경찰이 취객과 은우 두 사람 모두를 잡아 유치장에 가두었다. 은우는 유치장에서 아침을 맞으며 약속시간이 다 되어가는 걸 지켜만 보고 있어야 했다.

다음 날 오전 11시, 숙소 근처 파리의 거리를 거닌 은서는 극장 앞에 다다랐다. 옷은 어제와 같은 라벤더색 티셔츠를 입고 있었다. 점심은 뭘 사줄까? 공연은 어떨까? 설레임과 기대를 안고 은우를 기다렸다. 그런데 30분이 지나도 은우가 나타나지 않았다.

공연시간이 다가와 근처에서 점심 식사를 했다. 혼자 타르트에 샐러드를 곁들여 커피를 마셨다. 거짓말로 약속을 할 사람처럼은 안 보였는데 그는 왜 오지 않았는지 은서는 궁금해졌다. 전화번호를 받아놓지 않은 게 속상했다.

은서는 공연을 혼자서 보고 서울로 가는 저녁 비행기에 몸을 실었다.

멀어지는 도시의 불빛들 사이로 은우의 목소리가 흩어졌다.

무대디자이너와 극작가

은서는 25살 대학을 갓 졸업한 무대디자이너이다. 얼마 전 공연을 올리는 [극장 모퉁이의 바텐더] 무대디자인을 맡아 한창 바쁜 시간을 보내고 있었다.

"아저씨 거기 아니에요. 조금 옆으로 두세요."

"아 좀 쉬소. 어찌나 까탈스럽던지."

"에이. 다 완성도 높은 무대 만들고 싶어서 그런 거죠. 좀 이쁘게 봐주세요."

은서는 일에 집중했다. 하루가 어떻게 흘렀는지 모르겠다.

"내일 뵐게요. 수고하셨어요."

현장을 벗어난 은서는 푸른색 레이에 올라타고 다운 받은 음악을 틀었다. 에픽하이의 [비 오는 날 듣기 좋은 노래]가 흘러나왔다.

"비가 오고 비가 오고 슬픈 음악이 흐르면 네가 생각나 네가 생각나."

은서는 음악을 흥얼거렸다. 그리고 그가 생각났다.

마트에 들른 은서는 장을 보고 나파밸리 와인과 버터링을 샀다. 파리 여행 후 나파밸리 와인은 꼭 버터링과 먹었다. 혼자 있는 시간이면 시를 읊던 그가 꼭 떠올랐다.

바에 손님이 뜸한 시간이면 은우는 글을 썼다. 은우는 29살 극작가 지망생이다. 언젠가 극장에 자신의 작품을 올리겠다는 꿈을 가지고 있다. 밤에는 바텐더로 일하는데 손님들과의 대화가

글 소재 거리가 된다. 가끔 있는 취객 때문에 곤란을 겪지만 일이 즐겁고 글 쓰는 것도 즐겁다.

"아저씨, 저 가볼게요."

문 닫으러 온 프랑스인 사장님에게 인사를 살갑게 하고 새벽 6시에 바 문을 열고 거리로 나섰다.

새벽공기가 시원해 가슴이 상쾌해졌다. 거리는 아직 어두컴컴했다. 불 꺼진 상점의 옆문을 열고 위층 자신의 방 계단을 올랐다. 옷을 벗고 샤워를 한 후 간단히 달걀 스크램블에 토스트를 먹었다.

그리고 간밤에 끄적거린 글을 정리하고 잠자기 전 잊혀지지 않는 그녀를 생각했다.

파리에서의 재회

10년 후, 은서는 실력 있는 유명한 무대디자이너가 되어 프랑스행 비행기를 탔다. 파리를 기반으로 작업을 할 계획이다. 다음 공연기획팀과 미팅을 하고 은서는 10년 전 그가 있었던 BAR로 향했다. 은서는 흰색 실크 셔츠에 긴 남색 정장 바지를 입고 갈색 구두와 갈색 토트백을 매칭하고 있었다. 간판은 그대로였다. '댕그렁' 문을 열자 10년 전처럼 재즈가 흘렀고 사람들의 두런거림으로 가득했다. 바에는 10년이 흐르고 주인이 된 그가 서 있었다.

"아저씨, 나파밸리 와인과 버터링 주세요."

은우는 옷이 달랐지만 한눈에 은서를 알아봤다.

"다시 여행 온 건가요?"

"저 알아보시겠어요? 삶이 여행 아닌가요. 이 여행도 언제 끝날지 모르죠. 계속 지속되는 건 없는 거 같아요."

"삶은 그렇지만 단언컨대, 예술은 지속된다고 말해주고 싶어요."

"이 음악도 그럴까요?"

"이 음악이 좋나요?"

"바하고 아저씨랑 닮았어요."

"무례하지 않다면 지난번의 과오를 씻을 기회를 줘요. 11시까지 극장 앞으로 나올래요?"

"이번엔 맛있는 점심 먹을 수 있는 건가요?"

"라따뚜이(토마토소스 베이스에 여러 야채를 졸여 만든 음식) 잘하는 집을 알아요. 먹고 공연 같이 봐요."

두 사람은 그렇게 10년 만에 재회했다. 운명 같은 우연한 만남이었다.

〈극장 모퉁이의 바텐더〉

우리들의 우연한 만남

뇌리를 떠나지 않는 너의 모습

껴 맞춘 듯 맞는 너와 나의 취향

그리고 나누는 운명적 사랑

여행지의 바에 서 있던 그

그는 극작가였다네

나는 무대디자이너

생각해 보면 이 세상의 모든 사랑이

그렇게 이뤄지는 것을

나에게도 사랑이 이뤄질까?

-THE END-

- **아이들의 감자칩**

아들 지우의 감자칩

정우의 모니터에는 자동차설계도가 띄워져 있다. 이번에 새로 나올 K자동차의 외관을 디자인 중이다. 그는 큰 키에 보통체격, 둥근 얼굴을 가지고 단정한 커트머리를 하고 있었다. 멀리서도 눈에 띄는 크고 선한 눈에 짙은 눈썹, 오똑한 코와 큰 입을 가지고 있었다. 점심을 대충 때웠는지 먹다 남은 빵 조각과 커피가 책상 한구석에 나뒹굴었다. 그때, 전화벨이 울렸다. 그의 아들 지우였다. 지우는 단발머리에 아빠를 닮은 큰 눈을 하고 있었다.

"응, 아들 무슨 일이야?"

"아빠, 언제 와?"

"일 끝나면 가지. 필요한 거 있음 아주머니에게 부탁하렴."

"나 감자칩이 먹고 싶어."

"응, 갈 때 아빠가 사 갈게. 쉬고 있어."
"아빠, 빨리 와."
정우는 전화를 끊고 시간을 확인했다. 그리고 다시 모니터로 눈을 돌렸다.

퇴근 시간이 되자 정우는 옷을 걸치고 가방을 챙겨 동료들과 인사하고 사무실을 서둘러 나왔다. 지우가 좋아하는 감자칩을 사기 위해 눈에 보이는 슈퍼에 들러 과자를 집어 들고 병원으로 향했다. 지우는 죽은 아내와 같은 병으로 병원에 입원 중이다. 일 때문에 낮에는 아이 곁에 있을 수 없었다.

초승달 옆에 작은 별이 희미하게 반짝이고 있었다. 병실 문을 열고 들어서자 지우가 토끼 인형을 꼭 끌어안고 눈을 감고 있었다. 의사가 사망선고를 하고 모포를 머리끝까지 씌우는 중이었다.
"지우야!"
감자칩이 든 봉지가 가방과 함께 바닥으로 떨어졌다.

3개월 후
정우는 아내처럼 지우를 보내고 일에 파묻혀 살았다. 신상 자동차의 디자인을 하나 끝낸 휴일, 그는 오랜만에 시간이 생겨 집을 나섰다. 근처 공원에 아이들이 엄마 아빠와 피크닉을 나와 휴일을 즐기고 있었다.

"아빠, 아이스크림 사줘."

정우는 감자칩을 사다 달라던 지우가 떠올랐다. 울컥 눈물이 났다. 다 잊은 줄 알았는데 아들의 공백은 너무나 컸다.

집으로 돌아오는 길 집 근처 문방구에 지우 또래의 아이들이 불량식품을 사 먹고 있었다.

"얘들아, 불량식품은 몸에 해로워."

"주변에 이것밖에 사 먹을 게 없는데요."

정우는 지우라도 되는 양 안타까웠다.

집으로 돌아온 정우는 일을 그만두고 아이들에게 건강한 간식을 파는 가게를 하나 만들어야겠다는 생각을 했다. 이왕이면 지우가 좋아하던 감자칩 가게가 좋을 것 같았다.

감자는 소화에도 좋고 아이들이 자라는 데 필요한 탄수화물이 풍부했다. 튀김보다는 아이들 몸에 좋은 구운 감자로 하고 소금으로 감미를 주기로 했다. 아이들이 한 번에 먹을 양만큼 포장하고 어른들을 위한 맞춤 용량을 계획했다.

정우는 바로 실행에 옮겼다. 회사에 사표를 내고 학교 근처에 가게 자리를 잡았다. 간판을 흙색 바탕에 글씨와 외장을 노란색으로, 가게명을 [내친구 감자]로 정했다.

내장에 석회칠을 하고 노란색 벽돌로 허리까지 띠를 둘렀다. 감자를 구울 대용량 오븐을 구입해 들이고 쇼케이스를 만들었다. 그리고 아이들의 접근성을 생각해 가격을 정했다.

[내친구 감자]를 오픈하고 가게 앞에서 시음회를 열었다. 간식 사 먹을 곳이 없는 아이들의 반응이 뜨거웠다. 주변 어머님들의 입맛도 사로잡았다. 가게는 호황을 이뤘다.

소매치기 아이와 보육원

정우는 점심을 먹고 따뜻한 아메리카노에 방금 오븐에서 꺼낸 감자칩을 먹었다. 가게 안에는 서정적인 적재의 음악이 울려 퍼지고 있었다. 생각보다 웰빙 간식을 찾는 사람들이 많았고 아이들 입맛에도 잘 맞았다. 의자에 앉아 아이들의 하교를 기다리면서 음악을 듣고 있는데 지우처럼 큰 눈을 한 아이가 전시된 상품을 몰래 집어 가는 게 보였다. 아이는 때 묻은 하늘색 티셔츠에 낡은 청바지, 그리고 파란색 바탕에 흰 줄이 그어진 낡은 운동화를 신고 있었다.

"얘야, 훔치는 건 나쁜 짓이란다."

"…감자칩이 먹고 싶어서요."

"그럴 땐 조금만 달라고 해야 되는 거야. 네 이름이 뭐니?"

"전 신지우라고 해요. 저 언덕 위에 있는 소망보육원에 살아요."

정우는 죽은 지우와 동명이인인 아이를 따뜻한 눈길로 내려다보면서 감자칩을 한 봉지 건넸다.

"감자칩이 먹고 싶을 땐 언제든 오렴."

"감사합니다. 아저씨."

'보육원에 사는 아이들이 간식을 사 먹을 돈이 없구나.'

정우는 뒤돌아 뛰어가는 아이를 보면서 보육원에 감자칩을 보내주어야겠다고 생각했다.

가게를 닫는 휴일 정우의 아침은 부산스러웠다. 감자를 슬라이스하고 기름을 바르고 소금을 친 후 오븐에 구워 꺼내서 아이들이 먹을 만큼 비닐 포장을 했다. 오늘은 소망보육원에 가는 날이다. 차 뒷좌석을 접어 트렁크의 공간을 넓히고 비닐 포장한 감자칩을 박스에 담아 실었다.

소망보육원은 언덕 위에 운동장을 하나 끼고 있었다. 입구의 느티나무가 정우를 반갑게 맞아주었다. 정우는 아이들이 좋아할 생각에 절로 콧노래가 나왔다. 3시쯤이 아이들이 간식 먹기 좋을 듯했다.

"어서 오세요. 선생님. 전 여기서 일하는 지소현이라고 합니다."

묶은 머리에 보통 키, 마른 몸, 맑은 눈을 한 작은 얼굴의 보육원 선생님이 정우를 맞았다. 선생님은 자세히 보니 가는 눈썹에 작은 코와 입을 하고 있었다. 흰 피부에 천사 같은 미소를 띠었고 발랄한 노란색 계열의 체크 원피스에 갈색 단화를 신고 있었다.

"아이들 간식입니다."

"뭘 이런 걸 다, 애들 먹는 거 보고 가세요."

"아니요. 매주 애들 간식 챙겨오겠습니다. 안녕히 계세요."

"기부자님 성함은 알아야죠."

"기부는요. 큰 것도 아닌데."

정우는 돌아가는 차 안에서 소현의 천사 같은 미소와 아이들을 떠올리며 적재의 노래를 크게 틀었다.

아이들은 정우의 감자칩을 선물로 받고 신이 났다. 그리고 소현은 사무실에 앉아 남은 감자칩을 베어 물었다. 정우의 크고 선한 눈을 생각하면서….

-THE END-

- Mr. 콴

"밤하늘은 세상의 축소판 같아요. 별들이 우리 사는 모습 같지 않나요?"
‒

자이살메르의 밤하늘

"치익 폭폭, 칙칙 폭폭."

한참 달리던 희랑이를 태운 기차가 큰 기적 소리를 내며 정차를 알린다. 가벼운 바람이 열려진 창으로 불어와 9월, 한밤의 늦더위를 가져갔다. 인도의 기차에는 안내방송이 없었다. 잠시 후 기차가 어딘지 모를 역에 정차했다.

서울대 여성학 박사과정을 밟고 있는 희랑이는 인권운동에 관심이 많았다. 그런 희랑이에게 인도여행이 많은 공부가 되었다. 지금은 별을 보기 위해 델리에서 자이살메르로 가는 중이다. 둥글고 흰 얼굴, 지적인 눈, 오목한 코와 입, 둥근 테 안경, 호리한

몸, 큰 키의 희랑이가 자리에 앉아 창밖을 내다본다. 긴 검은색 생머리를 뒤로 차분하게 묶었다.

지붕이 없는 역의 플랫폼이 끝없이 이어지고 있었다. 마치 기차가 우주의 어느 별에 정차한 것처럼 광활했다. 어둠을 밝히는 가로등 아래 얼굴 검은 사람들이 걸어 다녔다.

기차의 창으로 어린아이들이 다가와 손을 내밀었다. 아이들은 꾀죄죄한 옷을 입고 있었고, 얼굴과 손은 얼룩져 있었다. 아이들이 불쌍한 희랑이는 먹고 있던 식사 대용 과자를 아이들에게 나눠주었다.

자신의 베풂이 일시적이라는 사실이 희랑이를 가슴 아프게 했다.

'저 아이들을 도울 수 있는 방법은 없을까?'

아이들을 뒤로하고 기차가 희랑이의 마음 같은 어둠 속으로 들어갔다.

다음 날 오전, 18시간이 걸려 자이살메르에 도착했다. 라자스탄의 건조하고 뜨거운 공기가 느껴졌다. 한낮의 뙤약볕이 내리쬐고 있었다.

희랑이는 숙소 '타지마할'로 가는 톡톡을 탔다. '타지마할'은 흰색 대리석 외장재에 이슬람 사원 같은 둥근 지붕이 인상적이었다. 안으로 들어서자 인도 음악이 흘러나왔다. 이국적이고 묘한 기분이었다. 카운터에는 검은색 짧은 커트머리에 큰 눈을 한 검은 피부의 사내가 바다색 줄무늬 셔츠를 입고 앉아 있었다. 사내의 이름은 '아미트'라고 했다.

체크인을 하고 방으로 안내되었다. 방은 흰색으로 마감되어 있었고 창은 우아한 꽃잎 모양을 하고 있었다. 방 가운데 재색의 침대보로 덮인 침대가 덩그러니 놓여 있었다. 딸려 있는 욕실에는 꽃 모양의 세면대와 비데가 설치된 변기와 작은 욕조가 있었다. 희랑이가 흰색의 하늘거리는 커튼을 걷자 빛이 쏟아져 들어와 어두운 방을 밝혔다. 가방을 침대 곁에 놓고 침대에 몸을 던졌다. 긴 여행의 피로가 쏟아졌다. 그리고는 깜박 잠이 들었다.

늦은 오후 잠에서 깨어난 희랑이는 샤워를 하고 옥상에 있는 식당으로 향했다. 숙소는 방처럼 흰색으로 마감되어 있었고, 입구마다 창 모양의 꽃무늬 틀이 있었다. 옥상으로 들어서자 붉은 심장 같은 해가 이제 막 지평선 너머로 지고 있었다.

옥상에는 내일 사막을 함께 갈 여행자들이 저녁 식사를 기다리면서 술 한잔을 하고 있었다. 희랑이는 구석자리 흰 셔츠를 입은 남자 맞은편 빈자리에 앉아 저녁 식사를 주문했다. 식당의 메뉴는 탈리 하나뿐이었다. 어디선가 희랑이가 좋아하는 다즐링향이 났다.

"어디서 다즐링향이 나요."

"제 향수향일 거예요. 불가리예요."

맞은편 흰 셔츠를 입은 짧고 단정한 머리를 한 검은 얼굴의 맑은 눈을 가진 남자가 말했다.

"전 Mr. 콴입니다. 인도 국립이슬람대학교 재학 중이고 나이는 27살입니다. 인도인이에요."

"동갑이네요. 전 김희랑이에요. 서울대에서 여성학 전공 중이고 한국에서 왔어요."

희랑이의 둥글고 흰 얼굴이 눈에 띄었다. 희랑이는 튤립이 그려진 흰 티셔츠에 청바지를 입고 있었다.

"어 언니 저도 한국에서 왔어요. 이소연이에요. 현대무용 전공했구요. 나이는 24살이에요."

갸름한 달걀형에 고양이 눈을 한 여자는 핑크색 펀자비에 녹색 알리바바 팬츠를 입고 있었다.

"이분도 한국인이래요. 박희준 씨예요. S전자 사원인데 휴가차 여행 오셨대요. 이분도 언니랑 동갑이에요."

끄트머리, 바람머리에 작은 눈과 둥근 코, 여자 같은 입술을 한 통통한 체격의 남자를 가리키며 소연이 나섰다. 남자는 청록색 티셔츠를 입고 있었고 수줍음을 많이 탔다.

"저는 미국에서 무역업을 하는 리처드입니다. 나이는 30살이에요."

노란 곱슬머리에 사파이어 같은 눈을 가진 크고 오뚝한 코와 큰 입의 남자가 말했다. 리처드라는 남자는 건장한 체격을 가지고 있었으며 머리색과 같은 노란색 티셔츠를 입고 있었다.

"Mr. 콴은 무슬림이라 술을 못한다고 하고 다 같이 한잔하고 있었습니다. 희랑 씨도 한잔하시죠."

리처드가 말했다.

"어쩌죠. 전 술을 못해요."

"Mr. 콴하고 커플이네요. 이거 허허."

"여기 탈리에는 여행자들을 위해서 돼지고기가 나와요. 언니."

"나 채식주의자라 고기 못 먹는데, 콴 고기 더 먹을래요?"

"저도 무슬림이라 돼지고기 못 먹습니다."

"Mr. 콴하고 희랑 씨 커플이라니깐."

리처드가 또 장난스럽게 말했다.

때마침 희랑이의 저녁 식사가 나오고 콴과 희랑이를 제쳐두고 술잔들이 오고 갔다.

어두운 저녁, 옥상 식당의 조명 아래 조용히 역사가 시작되고 있었다.

다음날, 일행은 풀이 듬성듬성 나 있는 타르사막을 지나 황금빛 모래언덕에 도착했다. 머리를 뜨겁게 달구던 해가 넘어가고 밤이 찾아와 사막의 검은 실루엣이 드러났다. 일행은 모닥불을 피우고 둥글게 둘러앉았다. 굶주린 개가 어디선가 나타나 주변을 배회했다. 타닥타닥 모닥불이 타들어 가고 소연이 가져온 스피커에서 조용한 한국 발라드가 흘러나왔다. 하늘에는 수없이 많은 별이 쏟아져 내렸다. 지평선 너머에서 밝은 보름달이 떠올랐다.

소연과 리처드는 수다를 떨고 소극적인 희준은 혼자 음악을 듣고 있었다. 그리고 Mr. 콴은 희랑이 옆에 앉아 있었다. 둘 다 키가 크고 호리했다.

"밤하늘은 세상의 축소판 같아요. 별들이 우리 사는 모습 같지 않나요?"

"그래서 밤하늘 보는 게 좋아요."

"난 이슬람교 지도자가 될 거예요. 내가 두렵지 않나요?"

"우린 다 같은 사람인걸요. 근데…. 전 종교에서 말하는 사후 세계를 믿지 않아요."

"아쉽네요. 창조주가 있다는 건 믿나요? 알라가 창조주예요. 만물은 알라 앞에 평등하죠."

"창조주는 있을 텐데…. 만물은 알라 앞에 평등하다고 하면서 여성과 남성의 교리는 다른 거죠?"

"여성을 배려하는 건 여성을 차별하는 게 아니에요. 희랑 씨."

콴은 이슬람교를 두둔하면서도 교리가 현대여성들에게 맞지 않는다는 생각이 들었다.

모닥불은 타들어 가고 안경 쓴 희랑이의 당돌하고 지적인 얼굴이 콴의 가슴에 들어오고 있었다. 일행은 모두 각자의 간이의자에 몸을 뉘이고 잠자리에 들었다. 밤하늘의 별똥별이 꼬리를 늘어뜨리고 자취를 감추었다.

"저는 한 사람만 사랑하고 싶어요."
_

통신으로의 교제

[희랑 씨 잘 도착했어요?]

금요일 10시, 희랑은 콴과 통신을 약속했다.

[인도는 날씨 어때요? 한국은 가을이라서 하늘이 아주 맑아요.]

[인도는 가을이어도 아직 무더워요.]

[Mr. 콴, 뭄바이 전철을 탔는데 여성 칸이 따로 있던걸요. 그런 건 여성을 차별하는 거 아닌가요?]

[여성을 배려하는 거예요. 차별하는 게 아니에요. 희랑 씨. 인도에서는 힘든 건 남성이 해요.]

[인도에서는 왜 부인을 여러 명 두는 거죠?]

[그건…. 왜 그럴까요? 예전에는 남성만 일해서 그럴까요? 여성

은 독립적이지 못하고 보호받는 존재였잖아요. 저는 한 사람만 사랑하고 싶어요.]

[Mr. 콴은 그렇게 해요. 현대여성들에게 일부다처제는 상처일 거예요.]

[그렇군요…. 희랑 씨는 일하는 여성들에 대해서는 어떻게 생각하세요?]

[저는 일할 수 있는 기회가 남성과 여성에게 공평하게 주어져야 한다고 생각해요. 인도는 한국에 비해 옛날 사고방식을 가지고 있는 것 같아요.]

[여성의 역할과 남성의 역할이 다르다고 생각해서일 거예요. 인도도 생각이 많이 선진화되고 있습니다.]

[Mr. 콴, 왜 이슬람교도들은 여성들만 밖에 나갈 때 머리카락과 목을 가리나요?]

[코란에 쓰여 있어요. 외간 남자에게 머리카락과 목을 보이면 안 되나 봐요.]

[제가 보기에 그건 여성들을 억압하는 나쁜 악습 같아 보여요.]

[희랑 씨는 구속하는 게 싫으시군요. 현대여성들은 그럴까요?]

[대부분은 그럴걸요. 저도 잘 모르겠어요. Mr. 콴, Mr. 콴은 요리하나요? 인도 남성은 그런 거 안 할 거 같아요.]

[아니에요. 남성도 요리를 해야 된다고 생각합니다. 저는 토마토 파스타를 잘해요. 언제 한번 꼭 대접하고 싶네요.]

[현대여성들은 집 안에만 있지 않아서 남성들도 생각이 변해야 해요. Mr. 콴은 현대적 사고를 하는 사람 같아 보이네요.]

[희랑 씨와 대화하는 게 현대여성들을 이해하는 데 많은 도움이 됩니다.]

[Mr. 콴. 제가 여성학을 전공했지만 인권에 관심이 많아요. 거지 아이들이 너무 불쌍하던걸요.]

[알라는 거지 아이들을 차별하지 않습니다. 그런 아이들은 어떻게 도와야 할까요? 고민해 봐야겠는걸요. 좋은 밤 되세요.]

[Mr. 콴도 좋은 밤 되세요.]

그렇게 매주 금요일 10시 희랑이와 콴의 밤이 깊어가고 있었다.

"알라께서 현대에 고통받는 사람들을 위해 계시를 내리신 겁니다."
―

알라의 계시

인도 이슬람대학을 나온 콴은 인도의 이슬람 지도자가 되었다. 콴이 가진 생각과 코란에 쓰여진 알라의 말씀은 다른 점이 있어서 콴을 괴롭게 했다. 현대여성인 희랑이의 생각을 어떻게 반영할 수 있을까? 이슬람교도에 대한 혐오와 차별을 줄일 순 없을까? 원시적인 생각을 바꿀 수는 없을까? 이런 생각은 콴 혼자의 생각이 아니었다.

사원에 빛이 쏟아지고 주변이 환해졌다. 콴은 무릎을 꿇고 있었다. 인자한 얼굴의 성스러운 성자가 콴의 머리를 만지며 말했다.

여성과 남성은 동등하며 혼인은 한 사람하고 한다.
여성과 남성은 외출 시 머리카락과 목 등을 가릴 자유를 가진다.
죄인에 대한 심판은 알라의 사자인 재판관이 한다.

콴은 잠에서 깨어났다. 알라의 말씀은 또렷했다. 콴은 서둘러 의복을 갖추고 사원으로 향했다.

"므니쉬! 알라의 계시를 받았어! 어젯밤 알라의 계시를 받았다구!"

큰 키의 잘생긴 혼혈인 듯한 남자가 사원에서 예배를 드리다 멈추고 콴을 바라보았다.

"무슨 소리예요?"

"어제 꿈속에서 알라의 계시를 받았네."

꿈의 내용을 들은 므니쉬는 감격에 겨웠다. 우리가 고민하고 괴로워하던 일을 알라가 어떻게 아셨는지 신기할 따름이었다.

"므니쉬, 사람들에게 알려야 하는데 어떻게 하는 게 좋을까?"

"알라의 계시를 받은 내용을 고쳐서 번역해 사람들에게 보급하는 게 좋겠어요. 방송도 하구요."

콴과 므니쉬는 코란에서 계시받은 부분을 고쳐 번역하는 작업을 했다. 둘은 이 일에 열정적이어서 식사는 햄버거로 간단히 해결하고 씻는 것도 잊었다.

번역을 마친 후 사람들에게 배포하고 내용이 방송에 나갔다. 사람들의 반응은 분분했다.

보수파 원로인 짧은 파마머리에 작은 눈을 한 수닐이 방송을 보고 예배를 드리는 콴에게 급하게 뛰어왔다.

"아니, 마호메드가 계시받은 코란에 손을 대다니, 콴 이게 무슨 일인가?"

"수닐, 진정하세요. 제가 꿈에서 알라의 말씀을 또렷이 들었습니다. 마호메드가 계시받은 것처럼요. 알라께서 현대에 고통받는 사람들을 위해 계시를 내리신 겁니다."

"불쌍한 사람들을 도우며 함께 살아가고 싶습니다."

–

콴과 희랑이의 결혼

희랑이는 거실에서 저녁 식사 후, 가족들과 TV를 보고 있었다. TV에서는 인도의 이슬람교 개종기사가 방영되고 있었다. 이슬람교 지도자가 알라의 계시를 받아 일부일처제를 권장하고, 히잡의 자율화가 이루어지고, 종교에 의한 임의적인 심판을 금한다는 내용이었다.

"이슬람교에 현대화 바람이 부는군요."

"나는 이슬람교도들이 좀 무서웠었는데 편견이 좀 사라질까?"

"알라의 말씀이라는데 따르겠지."

"콴이 저 일 때문에 바빠서 통신 못 한다고 하더라구요."

희랑이는 콴 때문에 흔들리는 마음을 감추고 있었다. 생각이 깊고 배려심 있는 현대적인 콴이 좋았다. 그리고 이슬람교도 좋아지고 있었다.

다음 해 봄, 오랜만에 콴에게서 통신이 왔다. 내일 신라호텔 라운지카페에서 만나자는 내용이었다.

'내가 보고 싶어서 한국에 왔다니, 바쁠 텐데…. 내일 뭘 입고 가야 하지.'

희랑이와 콴은 다시 만난다는 생각에 잠을 설쳤다. 두 사람의 창 너머로 보름달이 세상을 밝히고 있었다.

오후 2시, 신라호텔 라운지카페에 콴이 먼저 가 기다리고 있었다. 자신을 표현해 줄 수 있는 청바지에 흰 셔츠를 입고 흰 자켓을 걸쳤다. 그리고 '순수, 순결, 천 년의 사랑'을 의미하는 카라를 한 다발 준비했다.

희랑이는 그대로였다. 오늘은 남색 바지에 소라색 셔츠, 갈색 로퍼를 신고 있었다. 구두를 또각대면서 희랑이가 다가왔다. 콴은 멀리서도 눈에 띄었다.

"Mr. 콴 오랜만이에요. 바쁠 텐데 시간은 어떻게 낸 거예요?"

콴은 희랑에게 카라를 건네며 말했다.

"이거 받으세요. 선물이에요. 오후 비행기로 가봐야 해요. 희랑 씨 보고 싶어서 잠깐 온 거예요."

"카라네요. 진짜 보고 싶어서 온 거예요?"

콴에게서는 불가리라고 한 향수향이 은은하게 나고 있었다.

"먼저 차부터 한잔하죠."

"저도 콴하고 같은 다즐링 차 시킬게요."

"방송 보셨어요? 어땠나요?"

"사람들이 알라의 말씀을 따른다면 저도 이슬람교도가 되고 싶던걸요."

콴은 가방에서 코란을 꺼냈다.

"희랑 씨 이 코란은 바뀐 코란입니다. 희랑 씨에게 드리는 제 마음입니다. 불쌍한 사람들을 도우며 함께 살아가고 싶습니다. 인도에 불쌍한 사람들이 더 많아요. 희랑 씨와 결혼하고 싶습니다."

희랑은 코란을 건네받고 머뭇거렸다. 콴은 좋았지만 생각이 썰물처럼 밀려들었다.

희랑이는 콴을 배웅하고 친오빠인 소랑이가 일하는 병원으로 찾아갔다. 상의할 사람이 필요했다. 대학병원 의사인 소랑이는 집에서 얼굴 보기도 힘들었다. 때마침 병원 벤치에서 늦은 점심으로 샌드위치와 커피를 먹는 중이었다.

"희랑아 병원까지 무슨 일이니?"

"오빠, 점심이 늦네. 실은 나 방금 프러포즈 받았어."

"축하해. 짜식. 어떤 사람인데?"

"오빠 놀라지 마. Mr. 콴이야."

"Mr. 콴은 이슬람교 지도자 아니니!?"

소랑이는 희랑이가 걱정되었다.

"오빠 인도에는 내가 할 수 있는 일이 더 많아. 그리고 콴은 사려 깊고 배려심 강한 현대적인 사람이야."

"넌 무교잖아."

"이슬람교에 대해 오빠는 어떻게 생각해?"

"예전엔 원시적이라고 생각했는데 콴의 이슬람교는 호감이 가더구나."

"내가 이슬람교도가 되는 건 어때?"

"콴과 결혼할 생각이 있다면 이슬람교도가 되어야 할 테지. 결혼은 신중히 결정해. 희랑아. 난 네 편이라는 거 잊지 말고."

희랑이는 자기 방의 책상 앞에 앉아 코란을 바라다보았다. 자신의 도움이 필요한 사람들을 생각했다. 그리고 따뜻한 콴의 눈길을 생각했다.

희랑이가 콴과 결혼하겠다고 의사를 밝히자 처음에는 인도에서 고생할 딸 걱정에 부모님의 반대가 심했다. 희랑이는 콴이 브라만이고 어떤 사람인지, 이슬람교가 예전 같지 않다는 점, 자신의 이상을 펼치기가 인도가 낫다고 부모님을 설득했다.

콴은 희랑이를 위해 사원 근처 옛 저택을 리모델링 했다. 집은 바람이 잘 통하고 볕이 잘 드는 사색하기 좋은 살기 편한 집이었다. 인권주의자인 희랑이가 밖에서 일할 수 있도록 집안일을 돌보는 아주머니를 따로 두기로 했다.

콴과 결혼한 희랑이는 이슬람교도가 되었다. 하루 5번 기도하는 게 귀찮았지만 같은 시간 예배를 드리는 힘을 믿는다는 게 사람들에게 도움이 될 것 같아 예배를 빼먹지 않았다. 콴은 새벽부터 나갔다 저녁에 돌아왔다. 낮에 시간이 많았다. 인도는 여행할 때보다 더 불평등해 보였다. 여성들은 밖으로 돌아다니지 않았고, 이슬람 여인들은 아직도 히잡을 쓰고 다녔다. 거리에 거지들이 넘쳐났다.

콴의 여동생 리야는 희랑이보다 2살이 어렸다. 눈이 맑고 크고 날씬하고 아담한 체형이었는데 결혼을 일찍 어린 나이에 했다고 한다. 리야는 외출 시 히잡을 쓰지 않아도 된다고 하는데도 꼭 히잡을 쓰고 외출했다. 희랑이 눈에는 그것이 이상하게 보였다.

"리야, 왜 히잡을 꼭 쓰는 거야?"

"언니, 저는 외간 남자에게 성적으로 자극을 주는 게 불편해요. 타인에게 여성으로 인식되는 게 싫어요. 남편도 싫어하구요."

"네가 그럼 남편도 외출할 때 히잡을 쓰게 해야지."

"남편은 싫을걸요. 저는 남편을 믿구요."

희랑이는 히잡을 쓰는 게 여성을 억압하는 것만은 아니라는 것을 이해하게 되었다.

"리야, 집에만 있지 말고 같이 가난한 사람들을 도우러 나갈래?"

"가난한 사람들을 어떻게 돕죠? 거지들이 넘쳐나는데."

"나한테 좋은 생각이 있어. 리야의 마샬라(아시아 남부지방 양념)로 사람들에게 기쁨을 줄 수 있어."

코팅된 원목 싱크대와 하늘색 식탁이 반짝이는 조명 아래 놓여져 있다. 희랑이는 가정부 아주머니와 함께 저녁 식사를 준비했다. 곧 있음 콴이 올 시간이다. 가정부 아주머니에게는 면을 삶도록 부탁해 놓고, 자신은 한국에서 가져온 김치를 씻어 잘게 썬 후 프라이팬에 볶았다. 김치가 다 볶아지자 토마토소스와 면을 넣었다. 콴이 맛있게 먹을 걸 생각하면 기분이 좋았다. 요리가 완성된 후 예쁜 접시에 파스타를 플레이팅했다. 사원에서 콴이 돌아와 말했다.

"아주머니, 설거지는 제가 할게요. 집에 가셔도 돼요. 저녁 식사 맛있게 드세요."

"식사들 맛있게 하세요."

"네 수고하셨어요."

"Mr. 콴, 김치 토마토 파스타예요. 한국에서는 피클같이 김치를 먹어요."

"희랑 씨가 직접 만든 거예요? 오늘은 어땠어요?"

"오늘은 여성들의 의견이 다양하다는 걸 배웠어요. 다른 사람의 소리에 귀 기울이는 사람이 되어야겠다는 걸요."

"인도는 특히 의견이 다양해요. 종교도 많고, 사람도 많고. 전 희랑 씨의 생각을 듣는 것이 좋아요."

"Mr. 콴. 토마토 파스타 맛있나요? 이건 뇌물이에요. 제가 해보고 싶은 일이 생각났어요. 리야도 돕는다고 했구요."

"뇌물이라니 무서운데요. 뭔데요. 희랑 씨?"

"저 자원봉사 푸드트럭을 만들까 봐요. 가난한 사람들에게 무료로 점심을 제공하는 트럭이요."

"그거 괜찮은 생각인데요. 역시 희랑 씨다워요. 사원에 재정이 좀 있는데 제가 조금 보탤게요."

"Mr. 콴이어서 좋아요. 밖으로 다닌다고 뭐라고 하기 없기예요."

콴과 희랑이의 아름다운 저녁 식사가 인도의 혼란스러운 밤과 함께 지나고 있었다.

〈새로운 바람〉

세상에 외치는 한 줄기 바람

상처받은 영혼들을 위로하는 작은 속삭임

현실과 이상 사이의 애달픈 고뇌

너와 내가 꿈꾸는 착한 생각

너와 내가 이루는 가까운 미래

사막의 밤하늘 같은 아름다운 세상

-THE END-

■ 우리가 기억하지 못하는 4년

부부의 육아고충

8년 전

새벽, 아이의 울음소리로 잠이 깼다. 짧은 커트머리에 큰 키에 보통체격, 약간 각진 얼굴형에 짙은 눈썹을 가진 진호는 아내 수진이 깰세라 아이를 번쩍 들어 올렸다. 30분을 달래고서야 아이는 다시 잠에 들었고 진호도 그 옆에서 잠들었다.

고흐 그림이 그려진 베이지색 주방에서 들려오는 달그락거리는 소리에 진호와 아이가 잠에서 깨었다. 아이를 안고 진호는 방 밖으로 나왔다. 수진이 아침에 일어나 분유를 타고 아침을 준비하고 있었다. 그녀는 큰 키에 보통체격, 커트머리, 둥근 이마와 뒤통수를 가지고 있었다.

"일어났어?"

"어젯밤에 애가 깨서 다시 재우느라 혼났어."

"나 깨우지."

부부는 튀지 않는 눈코입과 약간 각진 얼굴형이 닮아 있었고 2살 차이가 났는데 꼭 남매 같았다.

"다음 주 우리 육아휴직 끝나는데 애는 어쩌지?"

"당신은 복귀해."

"애는 어린이집에 맡기는 게 좋을까? 당신 일 그만두는 거 싫잖아."

"이 어린 애를 어린이집에 어떻게 맡겨."

시부모님, 친정부모님이 모두 시골에 계신 진호와 수진은 난감했다.

'육아 때문에 직장과 미래를 포기하는 여성들이 많겠구나. 어린아이들이 어쩔 수 없이 어린이집에 내팽개쳐지는구나.'

수진은 자신의 대기업 커리어와 미래를 포기하고 육아에 전념하기로 했다.

육아헬퍼

8살 아이가 학교에 등교를 하고 수진은 조금 안심이 되었다. 이제 다시 뭔가를 시작하고 싶었다. 자신과 같이 커리어와 미래를 포기하는 여성이 없고 아이들이 방치되지 않도록 도움을 주는 단체를 만들어야겠다는 구상을 머릿속으로 그려나갔다. 저녁 시간 수진은 진호에게 자신의 구상을 설명했다.

"여보 어때? 이름은 [육아헬퍼]라고 지을 생각이야."

"괜찮은데, 어린이집 갈 때까지 아이를 돌봐주고 교육해 주는 사람이 있으면 부모에게도 아이에게도 좋겠지."

"당신도 회사 퇴직하고 같이 만들자."
"나도 좋은 일에 동참하고 싶어."
수진과 진호는 법인단체를 만들고 헬퍼들의 교육을 담당할 전문가들을 모았다.
아이의 시각, 청각, 후각, 촉각, 미각의 오감을 자극하는 것이 뇌 발달에 좋았다.

오감	놀이종류
시각	명화 보며 이야기하기, 노을, 하늘, 구름 보기, 색채놀이
청각	주변의 소리에 귀 기울이기, 연필, 나무젓가락 등으로 두드리기, 악기놀이
후각	생활 속에서 향 맡기, 요리 냄새 맡기, 다양한 동물들 냄새 맡기
촉각	다양한 소재 패브릭 만져보기, 촉감놀이, 점토, 밀가루 만지고 놀기
미각	다양한 음식들 접해보기

먼저 아이의 영양에 대한 전문가가 필요했다.

3대 영양소 탄수화물, 단백질, 지방을 기본으로 비타민과 미네랄에 대한 교육이 이뤄졌다.

비타민의 종류		식재료
지용성 비타민	비타민A	간, 달걀, 녹황색채소
	비타민D	간유, 생선, 목이버섯, 팽이버섯
	비타민E	베아유, 콩, 곡류, 녹황색채소
	비타민K	낫토, 녹황색채소
수용성 비타민	비타민B1	고기, 콩, 우유, 현미, 치즈, 녹황색채소
	비타민B2	고기, 달걀노른자, 녹황색채소
	비타민B6	간, 고기, 생선, 달걀, 우유, 콩
	비타민B12	간, 고기, 생선, 달걀, 치즈
	비타민C	녹황색채소, 과일
	나이아신	고기, 해조류, 어패류, 종실류
	판토텐산	간, 달걀노른자, 콩류
	엽산	간, 잎채소, 콩류, 과일
	바이오틴	간, 달걀노른자

미네랄의 종류	주요 식품
칼슘	작은생선, 견과류, 유제품, 톳, 시금치
아연	굴, 소고기, 달걀, 견과류
칼륨	녹황색채소, 견과류, 다시마, 톳
철	간, 달걀노른자, 녹황색채소, 톳
마그네슘	곡물류, 견과류, 톳, 다시마, 콩으로 만든 식품
나트륨	소금, 간장등의 조미료, 절임, 고기나 생선을 가공한 식품

다음은 미술교육 전문가를 모셨다.

전문가는 자주 그림을 그리게 하고 예술작품을 보여주어 창의력을 자극하라고 헬퍼들을 교육했다. 색채교육은 아이의 정서발달, 인지발달, 창의성발달에 영향을 미친다.

또 그림으로 아이의 심리를 파악하여 부모에게 알리도록 했다.

호기심을 막지 않는 유아와의 대화가 중요함을 교육하고 아이가 어떤 음악을 듣고 편안해 하고 신나 하는지 기호를 파악해야한다. 음악은 청취력향상, 두뇌발달, 감성발달을 가져온다.

헬퍼들은 인내심의 소유자여야 하며 온화해야 하고 스마트하고 도덕적인 아이를 사랑하는 사람을 뽑았다.

수진과 진호는 [육아헬퍼]가 단순한 육아도우미가 아닌 인격을 갖춘 한 사람의 교육자이길 바랐다.

첫 파견

출근길 영희가 자주색 마티즈를 타고 모차르트의 음악을 듣고 있다. 영희는 자식을 대학에 보내고 일을 갖고 싶어 [육아헬퍼]에서 교육을 받고 현장에 출근하는 1호 헬퍼가 되었다.

도로가 차들로 꽉 막혀 차가 꼼짝달싹 못 하는데도 영희는 느긋하고 여유롭다. 단발머리에 둥근 얼굴, 작고 선한 눈코입, 흰 피부에서 온화함이 표출되고 있었다.

차가 주차장에 주차하고 영희가 차에서 내렸다. 키는 작았고 보통체격을 가지고 있었다. 새롭게 시작하는 일이 설레고 아이와 부모를 만날 생각에 기대에 부풀었다.

"딩동."

"[육아헬퍼]에서 나온 한영희입니다."

"안녕하세요. 선생님. 아이는 깨어 있어요. 아침은 이유식 먹었구요. 나이는 2살, 이름은 이동호예요."

"아유 아이가 이쁘네요."

아이를 보고 짓는 영희의 온화한 미소에 아이의 부모는 안심이 되었다.

아이의 부모를 보내고 영희는 아이와 오감을 자극하는 놀이를 시작했다. 색채놀이, 악기놀이, 촉감놀이를 하고 아이가 더 컸을 땐 우리말 색이름 카드로 색채교육을 하고 명화들을 보여주며 창의력을 키우고 아이의 기호에 맞는 음악을 자주 들려주었다.

자주 공원에 가 사람들을 만나 아이에게 다양한 패브릭을 접하게 하고 다양한 동물과 식물들을 만나게 했다. 새소리, 자전거 소리, 물소리, 사람들의 웅성거림, 나뭇잎 소리로 아이의 청각을 깨웠다.

"선생님, 돈가스는 왜 바삭해요?"

"동호가 맛있으라고 바삭한 옷을 입었으니까 그렇지."

영희는 엉뚱한 질문을 하는 아이에게 아이의 눈에 맞춘 답을 찾아 답해주었다.

지식의 공유

수진과 진호의 [육아헬퍼]를 이용하는 부모들이 많아졌다. 헬퍼들의 교육도 철저했고 뽑는 조건도 관리가 철저했다. 하지만 육아헬퍼에 비용을 댈 수 없는 부모들이 많았다.

수진과 진호는 교육내용을 부모들과 공유하기로 했다. 그리고 이유식과 음식 레시피들도 공유했다.

일하는 여성들의 걱정, 돈 없는 부모들의 걱정, 경력이 단절된 사람들의 걱정이 사라지고 우리 아이들이 창조적인 아이들로 자라났음 하는 바람이다.

참고자료:『영양소 노트』, 사이토 가쓰히로,
『프랑스 아이는 말보다 그림을 먼저 배운다』, 신유미,
『어린이 색채교육』, 한국색채연구소,
『음악이 흐르는 동안, 당신은 음악이다』, 빅토리아 윌리엄스

-THE END-

■ 계승자들

한옥과 거문고

스승의 죽음

여름 향기 물씬 풍기는 푸르른 7월의 산골, 오래된 한옥의 안
방 백발의 노인이 눈을 감고 누워 있었다. 그 옆에는 긴 머리를
묶은 선한 가는 눈에 짙은 눈썹, 오똑한 코, 가는 입술을 한 계란
형 얼굴의 사내가 앉아 있었다. 사내는 어깨가 넓었고 마른 몸의
소유자였다. 키가 큰지 앉은키가 커 보였다.

방에는 장롱 하나 외에 다른 것은 없었고, 흰 창의 문종이로
초여름의 햇살이 들어와 불을 켜지 않아도 방은 그렇게 어둡지
는 않았다. 사내는 무서운 순간을 기다리며 침묵하고 있었다.

누워있던 노인이 그 침묵을 깨고 조용히 사내를 불렀다.

"연우야, 거기 있니?"

"네 스승님."

"제자를 두고 떠나게 되어 나는 죽음이 두렵지 않구나."

"스승님을 만난 것이 제게도 큰 기쁨입니다."

"내가 전수한 기술과 원칙을 잊지 말거라. 나태함을 멀리하고 자신에게 엄격한 사람이 되거라."

그리고 노인은 숨을 거두었다.

'스승님의 말씀 가슴에 새기고 잊지 않고 살겠습니다. 이제 거문고는 저에게 맡기고 편히 쉬십시오.'

연우는 사람들에게 스승의 죽음을 알렸다. 동료들과 스승이 만든 거문고의 은혜를 입은 예인들이 스승의 죽음을 애도했다. 장례는 오일장으로 치렀다. 발인을 하는 노인의 장례행렬 곁에서 곤줄박이가 슬피 울었다.

연우와 연옥의 만남

연우는 스승의 물건들을 하나씩 차분히 정리했다. 옷가지 외에 나머지는 거문고를 만들 때 필요한 도구들뿐이었다. 그리고 계속 이곳에서 살기 위해 오래된 한옥을 리모델링하기로 마음먹고 서울에 있는 건축사무소 [공간]에 의뢰를 했다. [공간]에서는 곧, 담당자를 내려보냈다.

가을 하늘이 구름 한 점 없이 맑고 기분 좋은 바람이 머리를 흩날리는 9월, 연옥은 흰색 코란도에 몸을 싣고 고속도로를 달렸다. 길가의 코스모스도 가을을 알리고 있었다.

연옥의 흰색 코란도가 연우의 한옥 마당으로 들어섰다. 연옥이 차에서 내렸다. 연옥은 커트머리에 매 같은 눈, 풀잎 같은 눈썹, 오똑한 콧날, 야무진 입술, 약간 각진 얼굴형, 보통 키에 마른 몸을 하고 있었다. 그리고 검정색 미니멀한 자켓에 검정색 바지, 흰색 티셔츠를 입고 있었다. 둥글고 잘생긴 귀가 귀인 같았다. 연옥에게선 랄프로렌의 리프레쉬한 향이 은은하게 나고 있었다.

"안녕하세요. 처음 뵙겠습니다. [공간]의 김연옥이라고 합니다."

"네. 어서 오세요. 이연우입니다. 이쪽에 앉으세요."

연우는 연옥을 마당에 있는 평상으로 안내했다. 연우는 흰색 티셔츠에 베이지색 면바지, 그리고 고무신을 신고 있었다. 큰 키와 묶은 긴 머리가 눈에 띄었다. 그에게서는 창포 비누향이 났다.

연우가 주방에 가더니 곧, 녹차를 내왔다.

"드릴 게 이것밖에 없네요. 녹차 괜찮으세요?"

"네. 괜찮아요. 한옥이 참 오래돼 보이네요."

"그렇죠? 그래서 리모델링 하려고 의뢰 드린 겁니다. 주인께서 얼마 전 돌아가셔서….."

"원하는 방향이 있으세요?"

"저는 한옥으로 지었음하고, 거문고를 제작할 수 있는 작업실이 넉넉하게 있었으면 합니다."

"한옥으로요…. 음…. 고민 좀 해봐야겠는데요. 치수 재고 사진 찍어 갈게요. 녹차 잘 마셨습니다."

연옥은 남자아이처럼 여기저기를 뛰어다녔다. 그리고 코란도를 다시 타고 서울로 돌아갔다.

한옥의 계승 고찰

서울로 돌아온 연옥은 찍은 사진을 들여다보면서 생각에 잠겼다. 모두 퇴근한 사무실에는 연옥의 책상 스탠드와 모니터에만 불이 들어와 있었다. 늦은 저녁으로 불고기 도시락을 깨작거렸다. 한옥은 처음이라 생소했다. 처마, 마루, 마당, 환기, 채광….

'선조들의 지혜와 현대의 편의성을 접목시켜야 하나?'

연옥은 부엌이 따로 떨어져 있고, 외풍이 심한 전통한옥을 그대로 지어야 하는지 의문이 들었다.

다음 날 연옥은 전통한옥을 이어가고 있는 건축 선배 박희석과 저녁 약속을 잡았다. 약속장소는 희석이 좋아하는 막걸릿집 [마루]로 정했다. 희석은 짧은 머리에 둥근 얼굴을 하고 작은 눈에 안경을 쓰고 있었다. 그리고 흰 셔츠에 검은색 바지를 입고 있었다.

"선배, 여기예요. 잘 지냈어요?"

"어쩐 일이야. 잘나가는 [공간] 후배가 연락을 다 하고."

"선배, 일단 막걸리하고 모둠전 시킬까요?"

"좋지, 이젠 말해봐. 왜 이런 한턱을 내는지."

"의뢰가 들어왔는데, 한옥이에요. 선배는 왜 전통한옥을 그대로 계승해야 된다고 생각하는 거예요?"

"난 일제식민지시대가 가져온 근대의 단절이 가슴 아파. 우후죽순 들어서는 아파트, 현대 건축물들이 맘에 안 들어. 이런 건물들을 디자인할 바에야 전통한옥을 계승하려고 한 거야. 괜찮은 건축물은 부르주아들의 집이라는 걸 알잖아."

"근대의 단절이 가슴 아프면 그 틈을 디자인하면 되지 않을까요? 불편한 건 개선해야 하잖아요. 현대인들의 삶도 생각해야죠."

"글쎄. 난 전통한옥 그대로 재현하는 걸 강요하지는 않아. 현대인의 편의성을 반영한 한옥을 디자인해 보는 것도 좋은 시도 같은데. 요즘에는 그런 한옥도 많고."

연옥과 희석은 막걸리잔을 부딪치며 얘기를 나눴다. 근대의 단절과 현대인의 편의성, 연옥은 고려해야 할 것들이 많아 머리가 아팠다.

살아 있는 거문고

본채와 떨어진 낡은 작업실 틈으로 불빛이 새어 나왔다. 저녁 식사를 끝낸 연우가 쇼팽을 들으며 거문고 만드는 작업을 하고 있다. 밑판과 윗판을 아교로 결합한 거문고를 이틀 말리고 변을 붙인 뒤 나무에 남아 있는 진을 뽑아내고 코팅하는 과정인 인두질을 시작했다.

'연우야, 인두질을 하면 오동나무판이 견고해져서 악기의 수명이 길어지며 습기에 강해지고 병충해의 피해도 적어진단다. 더불어 악기의 빛깔도 고와지지.'

어디선가 스승의 목소리가 들리는 듯했다. 하나의 과정도 빠뜨릴 수 없다.

마치 거문고에 숨을 불어넣는 것처럼 작업은 숭고하고 진지했다. 장식은 정교해야 하고 음정을 잡는 작업은 세심해야 한다. 그런 면에서 차분한 자신과 거문고 만드는 작업이 잘 맞았다.

거문고에 색을 입힐 때 스승은 호두기름을 사용하지만 연우는 우레탄을 사용했다. 기능과 편의성은 받아들이지만 거문고를 만드는 작은 과정도 놓치지 않았다.

한옥의 현대화

연옥은 연우가 잘 아는 비빔밥집에서 설계미팅을 했다. 한옥을 현대화해서 새로 짓자는 자신의 계획을 연우가 어떻게 생각할지 긴장을 하며 비빔밥을 넘겼다. 비빔밥은 예쁜 도자기에 담겨져 나왔다. 점심 식사를 끝낸 후 연옥은 이야기를 꺼냈다.

"지금 살고 계신 한옥은 불편하시죠? 부엌, 난방, 욕실을 현대화하기 위해서 리모델링보다는 새로 한옥을 짓는 걸 추천해 드리고 싶은데 어떠세요?"

"그게 가능한가요? 한옥을 현대화할 수 있다면 새로 짓는 데 반대하진 않습니다."

"거문고 작업실은 크게 마당 건너편에 지어드릴게요. 병산서원 가보셨어요? 풍광이 눈앞에 펼쳐지는 작업실을 갖게 해드릴게요."

연옥은 설계를 시작했다. 기둥을 모듈화해 가변적 공간을 계획하고 한옥이 가지는 장점들인 처마, 마루, 마당을 최대한 살렸다. 그리고 부엌과 욕실을 내부에 만들고 난방설계에 힘써 외풍을 막았다. 마당을 작업실과 본채 사이에 두어 채광과 공간감에 신경 쓰고 작업실에 큰 창을 뚫어 풍광을 보며 작업할 수 있는 배려를 했다. 그리고 그 옆에는 손님을 접대하고 쉴 수 있는 정자 같은 휴게실을 만들어 집을 개방적인 공간으로 계획했다.

기존 한옥을 철거하고 새 한옥을 짓는 동안 겨울이 지나고 봄이 지났다. 연우는 이제 새 작업실에서 거문고에 숨을 불어넣는다. 연옥에게도 연우에게도 새 한옥은 잊을 수 없는 장소가 되었다.

참고: 국립국악원

비빔밥과 도자기

비빔밥

4월의 전주, 푸른 눈동자에 뚜렷한 이목구비, 흰 피부를 가진 짧은 갈색 머리의 긴 기럭지의 외국인이 내력 있어 보이는 비빔밥집 문으로 들어섰다. 내부는 넓고 창으로는 전통한옥마을이 보이는 좋은 전망을 가지고 있었다. 외국인이 가게의 중앙 창가 자리에 앉자 후덕하고 인자한 인상에 통통한 주인인 듯한 여자가 다가왔다. 아주머니는 아이보리색 블라우스에 검정색 A라인 치마를 입고 있었다.

"손님, 어서 오세요. 어디서 오셨어요?"

"저는 영국에서 왔고 케빈이라고 합니다."

"저희 집에는 메뉴가 비빔밥 하나밖에 없답니다. 그걸로 드릴까요?"

"비빔밥이 한식인가요?"

116

"오래된 전통한식이에요. 임금님 밥상에도 올라갔었답니다."

"네. 그걸로 주세요."

케빈은 비빔밥을 기다리면서 창가로 보이는 한옥의 처마를 바라다보았다. 마침 봄비가 내리고 처마로 빗방울이 떨어져 물고랑을 만들고 있었다. 아름다웠다. 빗소리는 음악 같았다. 그리고 고향을 생각나게 했다.

기다리던 비빔밥이 나오고 주인아주머니가 왔다.

색깔이 화려한 야채가 둥글게 가지런히 놓여 있고 가운데 빨간 양념이 있었다. 그릇과 수저는 금색이었다. 어디선가 고소한 냄새가 나는 듯했다.

"Mr. 케빈, 비빔밥은 젓가락으로 비벼야 밥과 나물의 식감이 살아 있는 거예요. 가운데 빨간 양념은 고추장이라고 해요. 한국 전통양념이죠."

"이 고소한 냄새는 뭔가요?"

"참기름이에요. 나물하고 잘 어울리죠. 그럼 맛있게 식사하세요."

주인이 자리를 떠나고 케빈은 젓가락으로 밥과 나물 그리고 고추장과 참기름을 비볐다. 화려했던 색이 빨갛게 고추장에 물들었다. 맛은 감동이었다. 나물 하나하나, 밥알이 살아 있고 고추장 양념의 매콤한 맛에 참기름의 고소함까지 더해졌다. 금색의 그릇도 맛에 한몫을 하고 있었다.

'비빔밥은 섞어도 재료가 가진 성질을 잃지 않고 각자의 맛을 내는구나. 문화도 사람도 그럴 수 있을까?'

케빈은 비빔밥이 좋았다. 예의 바른 한국문화도 좋았다. 그리고 처마로 떨어지는 빗소리도 좋았다.

동행

케빈은 한국에서 비빔밥집을 하기 위해 영국생활을 정리하고 한국으로 왔다. 영국과는 다른 맑은 하늘이 케빈을 반겨주었다. 비빔밥집은 신사동에 위치했고 가게명은 [동행]이었다.

케빈의 작은 SUV가 [동행]의 주차장에 주차했다. 붉은색 간판이 멀리서도 눈에 띄었다. 긴 외관은 녹색의 여닫이창으로 되어 있었다. 녹색의 문을 열고 들어서자 석회석의 석고칠을 한 내부 벽이 눈에 들어왔다. 갈색 테이블과 의자가 띄엄띄엄 놓여져 있었다. 벽에는 현대 화가들의 작품이 걸려 있었는데, 그 모습이 외관과 잘 어울리는 듯했다.

가게 준비를 마치고 케빈은 비빔밥을 담을 그릇은 뭐가 좋을까 생각했다. 전주 여행에서 담는 그릇도 맛에 영향을 미친다는 것을 배웠기 때문이다.

'전통 한식에도 어울리고 현대인의 감성에도 어울리는 용기는

118

뭐가 좋을까?'

케빈은 여러 가지 그림을 그려보고 이촌의 도자기 공방에 가
보기로 결정했다.

늦여름의 바람이 소심하게 불어왔다. 조각 나무가 바람에 잔
기지개를 켠다.

도자기 공방에서는 김현식의 노래가 흘러나왔다. 도예가는 묶
은 긴 머리에 맑은 검은색 눈동자, 달걀형 얼굴에 초승달 같은 눈
썹, 작은 코와 입, 아담한 체형을 가지고 있었다. 편한 긴치마에
황토색 티셔츠를 입고 있었는데 전체적으로 여성스러워 보였다.

"어떻게 오셨나요?"

케빈은 파란 셔츠에 면바지를 입고 갈색 수제구두를 신고 있
었고, 그에게선 신사의 품격이라는 지방시의 향수향이 은은하게
났다.

"다름이 아니라, 제가 서울에서 비빔밥집을 여는데 담는 용기
를 상의 드리고 싶어서요."

"저쪽 테이블에 잠시 기다리세요."

잠시 후, 그녀가 직접 만든 도자기에 국화차와 떡을 내왔다.

"이거 드세요. 전 공방을 운영하고 있는 금도현이에요."

"네 감사합니다. 전 케빈이라고 합니다."

찻잔을 쥔 케빈의 손은 잔을 다 가릴 정도로 컸다.

"비빔밥을 도자기에 담고 싶으세요?"

"네 비싸도 상관없습니다. 직접 만든 도자기였음 합니다."

"제 작품을 사가시고 싶으시다니 기분이 좋네요. 어떤 디자인
이 좋을까요?"

"전통적이면서 현대인의 감성에 맞는 디자인이었음 좋겠는데.
흰색은 피하구요."

"우리 전통도자기 중에 상감청자가 있는데 무늬를 새롭게 디
자인해서 만들어 볼까요?"

케빈은 도예가가 어쩐지 믿음직스러웠다. 그녀처럼 예쁜 그릇
이 나올 것 같았다.

도자기

케빈이 돌아가고 도현은 책상 앞에 앉아 비빔밥을 담을 그릇을
구상했다. 비취색이 나고 백토를 무늬에 새겨 넣는 고려 상감청자
로 전통성을 부여하고 현대인의 감성에 맞춰 무늬를 디자인하기
로 했다. 디자인은 쉽게 나왔다. 그릇은 좌우대칭인 원형의 속이
깊은 대접에 구름 모양을 단순화시켜 가운데 일렬로 반복해 새긴
후 백토를 무늬에 채운 다음 비취색의 유약을 바르기로 했다.

다음 날, 도현은 아침 식사를 하고 물레 앞에 앉았다. 물레 성

형은 회전운동에 의해 생기는 원심력을 이용하여 좌우대칭형의 둥근 형태를 만드는 기법이다. 물레 성형용 점토는 가소성(외부적 요인으로 인한 영구적 변형)이 좋아야 한다. 가소성이 적으면 성형하기가 쉽지 않으며 가소성이 너무 크면 주저앉아 형태를 만들 수가 없다.

도현은 물레판에 점토 덩어리를 놓고 약간의 물을 묻힌 후 일정한 속도로 물레를 회전시키면서 형태를 만들어 나갔다. 처음에 중심파기가 제대로 되지 않으면 기벽의 두께가 일정하지 않아 회전할 때 한쪽으로 기울어지거나 그릇 윗부분이 수평을 이루지 못한다.

물레를 돌릴 때는 섬세해야 하고 집중해야 한다. 도현은 도자기를 만들 때 잡생각이 나지 않았다.

점심도 거르고 성형한 그릇들을 건조과정을 거치기 위해 건조 장치에 넣었다. 휨, 뒤틀림, 균열이 생기지 않기 위해 고루 건조 되어야 하는 도자기를 만드는 중요한 과정이다.

그리고 도현은 허리를 폈다. 만든 도자기들은 아기들같이 소중했다.

반건조되면 스케치한 모양을 따라 조각을 하고 그곳에 백토를 채운 후 다시 건조시킨다.

건조가 되면 유약을 바르고 가마에서 초벌구이, 재벌구이를 한다.

도현은 조금이라도 흠이 있으면 만든 자기를 깨어버렸다. 작품에 엄격한 도예가의 자존심 같은 것이다.

그릇의 비취색이 푸른 바다처럼 빛이 났다. 흰색의 구름문양도 만족스러웠다. 분명 케빈도 좋아할 것이다. 도현은 작품에 자신이 있었다.

작품

가게에 젊은 커플이 왔다. 첫 손님을 맞은 케빈은 서빙하는 알바생이 있었지만 직접 주문을 받았다.

"어서 오세요. 손님."

"주인이 외국인이에요?"

"네. 영국에서 왔습니다. 저희는 비빔밥만 됩니다."

"여기 꼭 카페 같아요. 비빔밥으로 2인분 주세요."

커플은 여닫이창을 열고 손을 꼭 붙들고 있었다. 조금 후 비빔밥이 나왔다.

구름문양이 새겨진 청자에 색이 예쁜 나물이 가지런히 원형으로 놓여져 있었고, 손잡이가 청자로 된 수저가 같이 나왔다.

케빈은 직접 서빙하며 말했다.
"밥알이 뭉개지지 않게 젓가락으로 비비는 거 아시죠? 문화를 드시고 가셨으면 좋겠습니다. 맛있게 드십시오."
첫 손님이 설레이는 케빈은 하고 싶은 말을 하고 자리를 떠났다.
"자기야, 작품 먹는 거 같애. 그릇이 상감청자 같지."
커플이 비빔밥을 말끔히 비우고 나자, 케빈이 준비한 디저트가 나왔다.

네모난 청자 접시에 구절초로 수놓은 꽃 송편이 국화차와 함께 나왔다.

"디저트도 작품이네."
식사를 끝내고 떠나는 커플을 배웅하면서 케빈은 맑은 한국의 하늘을 올려다보며 싱긋 웃었다.

참고: 『도자조형예술』, 한길홍 외 4명, 『손으로 빚는 마음, 떡』, 선명숙

뉴욕으로 간 라이스케잌

문화를 먹는 여자

"일어나세요! 일어나세요! 아침이에요!"

알람 소리가 곤히 잠든 지우를 깨웠다. 지우는 부스스 일어나 흰 커튼을 걷었다. 창으로 아침 햇살이 쏟아져 어두운 방을 밝히며 하루가 시작됨을 알렸다. 어지러운 침대보를 호텔처럼 정리해 놓고 구겨진 잠옷을 벗어 던진 후 샤워를 했다. 펀드매니저인 지우는 하루의 루틴이 정해져 있었다. 메이크업을 간단히 하고 긴 생머리를 뒤로 단단히 묶은 후 블라우스와 바지정장을 골랐다.

출근 준비를 여유롭게 마치고, 문을 나서 건물의 낡은 엘리베이터를 타고 내려갔다. 집은 뉴욕 근처의 주택가에 있는 5층 건물이었다. 2차선 도로는 아직 한산하고 가로수들이 짙은 피톤치드를 내뿜고 있었다. 포드사의 올리브색 작은 경차가 건물 앞에 주차되어 있었다.

지우는 차를 타고 아침 뉴스를 라디오로 들으며 뉴욕 시내로 향했다. 어디선가 가을바람이 소리 없이 불어와 지우의 아침과 함께했다.

회사 근처에 주차를 하고 오늘도 어김없이 아침을 사기 위해 라이스케잌 카페 [설기]에 들렀다.

8시 카페에 라이스케잌이 나오는 시간이다. 오늘은 뭘 먹을까

카페를 둘러보았다.

　라이스케잌은 조금씩 랩으로 소포장 되어 있어서 먹을 만큼만 고르면 종이봉투에 담아주어 아침을 간단히 해결하기 좋았다. 그리고 한국의 문화인 라이스케잌을 뉴욕에서 누릴 수 있어서 의미가 있었다.

　라이스케잌은 종류가 다양했다. 먼저 순백의 백설기, 단호박설기, 견과류가 들어간 영양떡, 팥찰떡, 무지개떡, 안에 콩고물을 넣은 송편, 향이 좋은 쑥 카스테라 등등.
　단호박설기를 하나 고르고 카운터 앞에서 커피를 주문했다. 짧은 머리에 보통 키의 보통체격인 희고 둥근 얼굴의 남자가 카운터 앞으로 왔다. 그는 깊고 선한 눈을 하고 있었다.

문화를 파는 남자
　10년 전, 민준은 고등학교 졸업을 앞두고 진로에 대해서 깊은 고민에 빠졌다. 공부에 뜻이 없는 자신이 대학을 가야 하나? 앞으로 뭘 해야 할까?

　"네가 즐거운 걸 하거라."

아버지의 말씀 같은 그런 일이 민준에게 어떤 일일까?

바쁜 아침, 민준은 집 근처 떡방앗간에 진열된 떡 중에서 먹기 좋게 소포장 된 영양떡을 집었다. 떡을 오물거리면서 학교로 들어서는데 문득 그런 생각이 들었다.

'우리 문화를 외국에서 팔면 어떨까?'

아이들이 대학을 고르고 있을 때 민준은 떡 문화를 어디서 팔지 고민했다. 쌀로 만든 우리 떡을 외국에도 알리고 싶었다.

"아버지, 대학등록금으로 뉴욕에다 떡집을 내고 싶어요."

민준은 방앗간이 딸린 카페를 구상했다.

베이커리 카페처럼 빵 대신 떡을 음료와 함께 먹는 라이스케잌 카페 [설기]를 가지고 뉴욕으로 진출했다. 뉴욕인들의 라이프스타일을 바꾸겠다는 야심 찬 포부가 있었다.

10년 후 뉴욕 새벽 4시, 카페에는 불이 꺼져 있었다. 민준은 하품을 하며 정적에 갇힌 방앗간의 불을 켜고 앞치마를 둘렀다. 체를 치고 떡을 써는 테이블과 찜기와 기계들이 민준을 밤새 기다리고 있었다.

민준은 [자우림]의 노래를 틀고 어제 불려놓은 쌀을 소금을
넣어 빻아 체에 내리고 설탕을 친다. 찜기에 베 보자기를 깔고
가루를 넣어 평평하게 만든 다음 찌고 뜸을 들인다. 다 찐 떡을
적당히 썰어 랩으로 소포장해 매장에 진열한다. 다른 떡들도 이
런 비슷한 과정을 거쳐서 매장에 진열이 된다.

매일 똑같은 과정을 새벽마다 반복하지만 우리 문화를 외국
사람들에게 알린다는 자부심이 일을 고되지 않게 했다. 방앗간
의 김 올라오는 소리가 어렴풋이 들린다. 그리고 [자우림]의 노
랫소리가 매장에 울려 퍼지고 있었다.

아침 8시 민준은 한복브랜드 유니폼을 입고 카운터 앞에 섰
다. 외국인만 오는 뉴욕에서 그녀만 유일하게 한국인이었다. 그
녀는 매일 들렀다. 선한 눈에 가는 눈썹, 오목한 코와 입, 약간
각진 얼굴에 흰 피부를 가지고 있었다. 같은 한국인이어서 그럴
까? 어쩐지 그녀에게 정이 갔다.

"오늘은 무지개떡 고르셨네요. 이 한복 바뀐 유니폼인데 괜찮
나요?"

"네? 네에. 괜찮네요."

그녀는 무뚝뚝하게 대꾸했다.

"카페라테 샷 추가해서 시럽 안 넣고 주세요."

지우는 차가운 태도를 보였지만 매일 보는 그 사람이 어쩐지

낯설지 않았다. 커피와 종이봉투에 담은 라이스케잌을 건네는 민준에게서 베르가못 바디샴푸향이 은은하게 나고 있었다.

참고 : 『손으로 빚는 마음, 떡』, 선명숙

한복의 현대적 디자인과 브랜드런칭

반원형의 무대에 객석으로 가까이 다가와 작품을 감상할 수 있는 긴 무대가 있었다. 오늘은 한복패션쇼가 있는 날이다. 한복에 관심이 많은 지유는 일찍부터 와 객석에 앉아 있었다. 긴 펌에 서글서글한 눈매, 뚜렷한 이목구비를 하고 캐릭터가 그려진 올리브색 티셔츠에 붙지 않는 청바지 그리고 남색 운동화를 신고 있었다. 귀여운 귀에는 작은 금귀걸이가 반짝이고 있었다.

시끄러운 소음으로 가득했던 장외가 조용해지더니 패션쇼가 시작되었다. 화려한 조명이 무대를 밝히고 한복을 입은 모델들이 걸어 나왔다. 한복의 화려한 색상이 눈길을 사로잡았다. 모델들의 단아하고 기품 있는 자태에 넋이 나갔다. 한복이 참으로 고왔다.

'한복의 색상과 단아함을 이어갈 수는 없을까?'

홍익대 의상디자인학과 4학년인 지유는 자신의 디자인의 방향을 고민하고 있었다.

전통한복은 너무 불편하고 특별한 날에만 입는다는 단점이 있었다. 색상구성이 예쁘고 몸을 단정히 해준다는 이점을 어떻게 살릴 수 있을까? 다양한 사람들의 요구를 어떻게 반영해야 하나?

지유는 김밥과 17차를 사서 학교 작업실 책상 앞에 앉았다. 늦게까지 작업을 하는 학생들이 간간이 보였다. 4B연필과 파브카스탈 색연필을 꺼내 스케치를 시작했다.

먼저 현대인의 다양성을 반영해 한복의 스타일을 분화시키기로 했다.

우아함, 발랄함, 요염함, 모호함, 댄디함으로 정했다.

우아함은 저고리를 현대화하고 치마에 우아한 볼륨을 주고 길이를 스타일에 따라 맞춤으로 하기로 했다.

발랄함도 역시 저고리를 현대화하고 어깨선 상체 곡선을 강조하고 치마 곡선의 기하학 형태를 유지하고 길이를 맞춤 길이로 디자인했다.

요염함은 현대화된 저고리에 허리선 가슴 곡선을 강조하고 허리 부분을 꽃봉오리에서 유추한 항아리 모양에 맞춤 길이로 디자인했다.

모호함은 남녀공용으로 긴 상의에 허리선을 강조하고 어깨의 볼륨감 형태를 유지하고 맞춤형 길이로 디자인했다.

댄디함은 남성용으로 상의를 맞춤형 길이로 스타일에 변화를 주고 바지를 디자인했다.

재질은 마와 면을 혼용하기로 했다. 졸업작품은 보통 하나씩 출품하지만 지유는 한옥의 현대적 디자인에 초점을 맞춰 분화된 한복 디자인을 한 작품으로 출품하기로 정했다.

졸업작품 전시회 날, 다른 학생들의 개성적인 작품들 속에서 지유의 작품은 밋밋해 보였다. 그 속에서 지유는 앞으로 자신이 가야 할 길과 한복의 전통을 잇는다는 자부심이 함께했다.

그때, 단발머리에 마시마로 같은 눈과 얼굴을 가진 안경을 쓴 키가 큰 학생이 하늘색 티셔츠에 청바지, 흰 운동화를 신고 지유의 작품 앞으로 다가왔다. 그리고는 유심히 작품을 뜯어보았다.

"나는 최시후라고 해. 같은 졸업생인데 기억하니?"

"그러세요?"

"색이 예쁘구나. 한복을 현대에 맞춰 새롭게 디자인한 거니?"

"전통의 이점을 잇고 싶은 맘이에요."

"어떤 사람들이 입을지 생각해 봤니?"

"정장으로 입어도 되고, 음…. 제 생각은 생활 깊숙이 제 작품이 스며들었음 하는 생각이에요."

"디자인된 한복을 브랜드런칭 해보는 게 어떻겠니?"

시후는 지유의 서글서글한 눈매를 바라보며 진지하게 제안했다. 지유는 그런 제안을 하는 시후가 동료를 만난 것처럼 어쩐지 믿음직스러웠다.

둘은 졸업을 하고 한복브랜드 [단아]를 함께 런칭했다.

〈계승자들〉

우린 쏟아지는 이국적인 문화들과
어깨를 나란히 하고
옛 정신과 향기를 잃지 않는단다
네가 새로운 것에 빠질 때도
우린 그 자리를 지키며
다양한 선택의 자유를 인정하고
우릴 강요하지 않으며
끊임없이 자신을 뒤돌아보고
현재에 안주하지 않고

우리의 문화를 이어간단다
우리를 계승자들이라고 불러다오.

-THE END-

마음을 다스리는 사람들

부석사

4월 새벽 5시 경사면에 아슬아슬하게 서 있는 안양루라고 불리는 종각에서 어둠을 뚫고 종소리가 울렸다.

풍기역에서 조금 걸으면 은행나무가 피톤치드를 내뿜는 숲길이 나온다. 부석사는 경사면을 따라 건축물이 자연친화적으로 들어서 있다. 푸른 풀이 돋아난 돌계단을 밟고 범종각이라고 불리는 누각과 안양루의 필로티를 지나 위로 올라가면 석탑이 보이고 제일 꼭대기에 배흘림기둥(기둥의 중앙부가 오목해 보이는 착시현상을 교정하기 위해 기둥의 중앙부 직경을 늘린 기둥)으로 유명한 무량수전이 있다.

바람에 무량수전 처마의 풍경이 청아한 소리를 내며 흔들렸다.

무량수전이 있는 마당에서는 경내의 모습과 멀리 산과 마을의 전경이 모두 보인다. 새벽 여명 사이로 산새의 운무가 피어오르고 있었고 스님들이 거처하는 선열당 앞에는 4월의 봄꽃이 수줍게 피어 있었다.

마음을 다스리는 법

아침 공양을 마친 큰스님은 무량수전 대웅전에서 예불을 드리고 신도들을 맞았다.

부처님은 세상을 내려다보는 눈빛으로 자비로운 미소를 띠며 앉아 계셨다.

"스님 저는 불쑥 원하지도 않는 사악한 생각이 들려오는데 어떻게 해야 할까요?"

"그런 생각은 누구나 할 수 있다 여기고 자기 것이 아니라 생각하십시오. 불자님."

"스님 저는 성을 자극하는 유혹의 말들이 들려오는데 어떻게 해야 할까요?"

"이성을 보기를 돌같이 여기고 마음을 다잡으십시오. 불자님."

"스님 저는 없는 욕심을 불러일으키는 말이 들려오는데 어떻게 해야 할까요?"

"항시 겸손의 자세를 유지하고 내 것이 아닌 걸 탐내지 마십시
오. 불자님."

"스님 저는 사람들 사이를 이간질하는 말들이 들려오는데 어
떻게 해야 할까요?"

"그 사람에 대한 믿음을 잃지 말고 중심을 지키십시오. 불자님."

"스님 저는 인간의 질서를 무시하는 말들이 들려오는데 어떻
게 해야 할까요?"

"인간의 도리는 반드시 지켜져야 하는 것입니다. 다른 가치와
저울질하지 마십시오. 불자님."

마음이 복잡하고 심란했던 신도들은 한결 편해진 얼굴로 절을
나섰다. 그 뒤로 큰스님의 목탁 소리가 그들의 마음을 위로했다.

-THE END-

–

세상의 상처를 보듬고
아름다운 세상을
노래하고 싶습니다.

–

- **을지로 인생**

  서울의 전경과 서민들의 애환과 사랑

- **다른사람**

  남자를 사랑하는 남자들의 슬픔과 현실 그리고 사랑

- **모션건축가**

  창의적인 건축가들을 뽑는 건축사 시험과 미래건축, 기계설계를
  건축에 접목한 사람들에 대한 연민을 가진 건축가들의 건축과 사
  랑 이야기

- **징검다리 오피스텔**

  꿈을 향해 달리는 청춘들과 연민을 가진 주인의 우정과 사랑 이야기

- **파스타를 만드는 남자, 사랑을 먹는 여자**

  사랑에 상처받은 부잣집 여자가 파스타로 위로하는 남자를 만나 하는 사랑 이야기

- **극장 모퉁이의 바텐더**

  우연에 의한 운명적 사랑

- **아이들의 감자칩**

  아이들에게 건강한 간식을 주고 싶은 남자의 이야기

- **Mr. 콴**

  억압받는 여성들과 테러에 희생당하는 무고한 사람들의 인권을 고민하는 이슬람교 지도자와 인권운동가의 이야기

- **우리가 기억하지 못하는 4년**

  여성의 진정한 평등시대를 염원하고 유아기의 인성과 뇌 발달을 강조하며 새로운 일자리를 만듦

- **계승자들**

  잃어버려선 안 되는 우리 것에 대한 고찰

- **마음을 다스리는 사람들**

  나쁜 유혹과 순간의 도덕적 해이에 흔들리지 않는 사람들의 이야기

다른사람

초판 1쇄 발행   2023. 9. 4.

지은이   전선아
펴낸이   김병호
펴낸곳   주식회사 바른북스

편집진행   황금주
디자인   김민지

등록   2019년 4월 3일 제2019-000040호
주소   서울시 성동구 연무장5길 9-16, 301호 (성수동2가, 블루스톤타워)
대표전화   070-7857-9719 | **경영지원**   02-3409-9719 | **팩스**   070-7610-9820

•바른북스는 여러분의 다양한 아이디어와 원고 투고를 설레는 마음으로 기다리고 있습니다.

이메일   barunbooks21@naver.com | **원고투고**   barunbooks21@naver.com
홈페이지   www.barunbooks.com | **공식 블로그**   blog.naver.com/barunbooks7
공식 포스트   post.naver.com/barunbooks7 | **페이스북**   facebook.com/barunbooks7

ⓒ 전선아, 2023
ISBN 979-11-93341-09-4 03810